그 여름

〈K-픽션〉 시리즈는 한국문학의 젊은 상상력입니다. 최근 발표된 가장 우수하고 흥미로운 작품을 엄선하여 출간하는 〈K-픽션〉은 한국문학의 생생한 현장을 국내 외 독자들과 실시간으로 공유하고자 기획되었습니다. 〈바이링궐 에디션 한국 대 표 소설〉 시리즈를 통해 검증된 탁월한 번역진이 참여하여 원작의 재미와 품격을 최대한 살린 〈K-픽션〉 시리즈는 매 계절마다 새로운 작품을 선보입니다.

The K-Fiction Series represents the brightest of young imaginative voices in contemporary Korean fiction. This series consists of a wide range of outstanding contemporary Korean short stories that the editorial board of *ASIA* carefully selects each season. These stories are then translated by professional Korean literature translators, all of whom take special care to faithfully convey the pieceså original tones and grace. We hope that, each and every season, these exceptional young Korean voices will delight and challenge all of you, our treasured readers both here and abroad.

그 여름
The Summer

최은영|제이미 챙 옮김
Written by Choi Eunyoung
Translated by Jamie Chang

K

ASIA
PUBLISHERS

차례

Contents

그 여름
The Summer

K

1

이경과 수이는 열여덟 여름에 처음 만났다.

시작은 사고였다. 운동장을 가로질러 가던 이경이 수이가 찬 공에 얼굴을 맞았다. 안경테가 부러지고 코피가 날 정도의 충격이었다. 이경은 쩔쩔매는 수이와 함께 양호실과 안경점에 갔다. 고친 안경을 쓰고 수이의 얼굴을 봤을 때 이경은 처음 안경을 맞춰 썼던 때를 떠올렸다.

뿌연 갈색인 줄 알았던 나뭇가지에는 회색의 가느다란 줄무늬와 흰 동그라미 무늬가 있었고, 가지 위로 돋아난 이파리들은 흐리멍덩한 녹색이 아니라 여린 잎맥이 뻗어나가는 투명한 연둣빛이었다. 모든 것이 또렷하

1

Yi-gyeong and Suyi met for the first time in their eighteenth summer.

It began with an accident. Yi-gyeong was crossing the school field when she was hit in the face by a soccer ball that Suyi kicked. The impact broke her eyeglasses frame and gave her a bloody nose. The panicked Suyi accompanied Yi-gyeong to the school nurse and the eyeglasses store. When the glasses were fixed and Yi-gyeong saw Suyi's face for the first time, she was reminded of the first time she got glasses.

게 보였지만 바닥이 돌고 있는 것처럼 어지러웠다. 그때의 기분을 이경은 수이의 얼굴을 보면서 똑같이 느꼈다.

안경점 밖으로 나오자 햇볕이 유난했다. 둘은 읍내를 걷다 다리 중간까지 와서 걸음을 멈췄다. 7월의 공기는 뜨거웠지만 다리 아래로 흘러가는 강물은 시원한 바람을 실어왔다. 전날 비가 내려 강물은 불어 있었고, 물속에 뿌리를 박고 자라는 식물들의 잎사귀는 검은빛에 가까운 초록색이었다. 그 잎잎이 무성했다.

수이는 다리난간에 몸을 걸치고 강물을 가만히 응시했다. 말을 걸어도 되나 싶을 정도로 몰두해서 강물을 보았다. 날갯죽지가 긴 새 한 마리가 유속이 빠른 강 위를 위태롭게 날고 있었다.

"저 새 이름 알아?" 이경이 물었다.

"저 회색 새?"

"응."

"왜가리."

꿈에서 깨어난 것 같은 표정으로 수이는 이경을 바라보며 답했다. 각질이 심하게 일어난 입술과 검붉게 탄 얼굴에, 두 눈만은 반짝이고 있었다.

둘은 다리 위에서 이런저런 이야기를 나누었다. 대부

The murky brown branches had turned out to have thin, gray stripes and white dots, and the green blurs of leaves unfolding on the branches turned out to be translucent chartreuse, with delicate veins. She could see everything clearly, but the floor had spun beneath her. She felt the same way when she saw Suyi's face.

Outside the eyeglasses store, the sun was beating down hard. They passed through the downtown area and stopped in the middle of a bridge. Although the July air was hot, the river flowing under the bridge carried a cool breeze. The water was high from the rainfall the night before and the plants rooted firmly in the riverbed were a shade of green close to black. Their leaves were lush.

Suyi leaned on the railing and looked down at the water. Her focus was so intense that Yi-gyeong wondered if she should leave her alone. A bird with long wings flapped precariously above the strong currents.

"Do you know what that bird is called?" Yi-gyeong asked.

"That gray one?"

분 이경이 묻고, 수이가 답하는 식이었다. 이경은 2반이었고, 수이는 9반이었다. 이경은 문과 반이었고, 수이는 예체능 반이었다. 이경은 인흥면에 살았고, 수이는 고곡면에 살았다. 이런 우연이 아니었다면 서로 얼굴도 모르고 지냈으리라고 수이는 웃으며 말했다. 듣기 좋은 목소리라고 이경은 생각했다. 집으로 돌아와서도 이경의 귓가에는 수이의 목소리가 맴돌았다.

다음 날 수이는 이경의 교실 앞으로 찾아왔다. 손에는 이백오십 밀리리터짜리 딸기우유가 들려 있었다. 우유를 내밀면서 수이는 쑥스럽게 웃었다.

"몸은 좀 괜찮아?"

"응. 괜찮아."

이런 식의 짧은 대화를 나누고 수이는 운동장으로 갔다.

그 주 내내 수이는 딸기우유를 들고 왔다.

"몸은 좀 괜찮아?"

"응. 정말 괜찮아."

그렇게 말하는 이경의 얼굴에도 결국 웃음이 돌았다. 아침에 학교에 갈 때면 이경은 오늘도 수이가 찾아올 것인지 기대했고, 수이가 오지 않더라도 상심하지 말자고 스스로를 달래기도 했다.

"Yeah."

"A heron," Suyi answered, and looked back at her as if she'd woken up from a dream. Her lips were badly chapped and her face crimson from being in the sun, but her eyes shone.

The two chatted about this and that on the bridge. Most of the time, Yi-gyeong asked and Suyi answered. Yi-gyeong was in Classroom #2, Suyi Classroom #9. Yi-gyeong was specializing in liberal arts, and Suyi in arts and sports. Yi-gyeong lived in Inheung-myeon and Suyi in Gogok-myeon. Suyi smiled and said they would never have met if it hadn't been for the accident. Yi-gyeong liked her voice. After they parted, Suyi's voice followed Yi-gyeong home and echoed in her ears.

Suyi came to Yi-gyeong's classroom the next day. She had a 250ml carton of strawberry milk. She smiled shyly as she passed the milk to Yi-gyeong. Yi-gyeong couldn't manage to smile back. Suyi returned to the field after a short exchange:

"How are you feeling?"

"I'm fine."

Then Suyi brought her strawberry milk every day

창가에 서서 밖을 보면 운동장을 달리고 있는 축구부 애들이 보였다. 창이 끌어당기기라도 하는 것처럼 이경의 시선은 자꾸 창가로 향했다. 같은 유니폼을 입고 같은 머리스타일을 한 애들 사이에서도 수이를 찾아내는 건 어렵지 않았다. 이경은 운동장을 몇 바퀴씩 돌고 숨을 몰아쉬는 수이의 모습을, 진지한 표정으로 패스 연습을 하는 수이의 얼굴을 바라봤다.

청소 당번을 끝내고 집으로 돌아가던 그 주 토요일 오후였다. 멀리 보이는 다리난간에 수이가 기대서 있었다. 축구부의 하얀 유니폼을 입고, 운동화를 신고, 운동 가방을 든 채로. 이경은 바닥을 보고 걸어가면서 어색한 그 순간을 피하려 했다. 다리에 다다랐을 때 수이가 작은 목소리로 이경을 불렀다.

"김이경."

이경은 고개를 들어 수이를 봤다. 무슨 말이든 해야 한다는 압박 때문에 오히려 아무 말도 할 수가 없었다.

"집에 가?" 수이가 물었다.

"응."

"왜 늦게 가?"

that week.

"How are you feeling?"

"I'm really fine."

Yi-gyeong eventually began to smile back. On her way to school in the morning, Yi-gyeong wondered if Suyi would be visiting her that day, and told herself not to be disheartened if she didn't. From her classroom window, Yi-gyeong could see the soccer team practicing. Yi-gyeong kept looking out the window unconsciously. She had no trouble picking Suyi out of the team of girls, even with the same haircut and identical soccer uniforms. Yi-gyeong watched Suyi catch her breath after some laps around the field and perform passing drills with a serious look on her face.

Yi-gyeong was on her way home that Saturday afternoon after tidying up the classroom. Suyi was on the bridge ahead, leaning against the railing. She was wearing her white soccer uniform and shoes, and carrying a gym bag. She walked with her gaze fixed on the ground to avoid any awkwardness. When she got to the bridge, Suyi called out quietly.

"청소 당번이라서."

"점심은 먹었어?"

"아니."

"그럼 나랑 점심 먹을래?"

수이는 이경의 얼굴을 제대로 쳐다보지도 못하고 그 말을 했다. 그 자신 없는 표정과, 억지로 힘을 끌어올려 짧은 문장을 말로 풀어내는 모습을 이경은 가만히 바라 봤고, "뭐 먹을래?"라고 대수롭지 않은 척 대답했다.

둘은 라면을 먹고, 형광 색소가 잔뜩 들어간 삼백 원 짜리 슬러시를 마시면서 읍내를 걸었다.

"너 바쁘니?" 수이가 물었다.

둘은 시가지에서 사 킬로미터쯤 떨어진 둔치로 걸어 가 지서댐이 코앞에 보이는 계단 위에 책가방을 놓고 앉았다. 걸어갈 때 흐른 땀이 둔치에서 불어오는 시원한 강바람에 말랐다. 강물은 어느 쪽으로 흐르는지 짐작할 수 없을 정도로 잔잔했다.

둘은 별말 없이 커다란 콘크리트 댐을 바라봤다. 매미 소리가 들렸고, 작고 투명한 풀벌레들이 다리 위로 올라 왔다. 콘크리트 계단이 부서진 자리에 길쭉하게 자란 강 아지풀이 팔다리를 간질였다. 교복 치마가 땀에 젖은 허

"Yi-gyeong Kim."

Yi-gyeong lifted her head and looked at Suyi. The pressure to say something made her mute.

"On your way home?" Suyi asked.

"Yeah."

"Why so late?"

"I'm on cleaning duty this week."

"Have you had lunch?"

"No."

"Do you want to have lunch with me?" Suyi asked, barely able to look at Yi-gyeong. Yi-gyeong noticed Suyi's diffidence, the way she had to muster the courage to get out the short sentence, and replied, "Sure, what are you up for?" as if it was not a big deal.

The two ate ramen and walked around the downtown area sipping a 300-won slurpee with a lot of fluorescent food coloring in it.

"Are you busy?" asked Suyi.

The two walked to a riverbank about four kilometers outside the town. On the steps with a view of the Jiseo Dam, they put down their bags and sat. It had been hot when they were walking, but a breeze

벽지에 달라붙었다. 이경은 수이 쪽으로 고개를 돌렸다. 수이는 다리를 꼬고 턱을 괸 채로 이경을 바라보고 있었다.

"눈동자가 갈색이구나." 수이가 말했다.

"어릴 때 애들이 개눈이라고 했었어." 그렇게 말하는 자신의 목소리가 미세하게 떨리고 있다고 이경은 생각했다.

"신경 쓰니, 그런 말?"

이경은 고개를 저었지만 사실이 아니었다. 누군가 자신의 눈동자 색을 인지하고 그 말을 전할 때 이경은 언제나 옅은 수치심을 느꼈었다. 개눈. 이상한 눈.

수이는 이경의 눈을 가만히 바라보고만 있었다. 자신을 그렇게 바라보는 사람은 처음이었다. 사람이 사람을 이렇게 오래 바라볼 수 있구나. 모든 표정을 거두고 이렇게 가만히 쳐다볼 수도 있구나. 그렇게 생각하면서 이경은 자신 또한 그런 식으로 수이를 바라보고 있다는 것을 알았다.

손가락 하나 잡지 않고도, 조금도 스치지 않고도 수이 옆에 다가서면 몸이 반응했다. 철봉에 거꾸로 매달린 것

from the river now refreshed and cooled them. The river was so calm it was hard to tell which way it was flowing.

The two looked at the great concrete dam without saying much. Cicadas chirped and small, translucent bugs hopped onto their legs. Foxtails reached out from the cracks in the concrete and tickled their arms and legs. Yi-gyeong's uniform skirt clung to her sweaty thighs. Yi-gyeong looked at Suyi, and Suyi, her legs crossed and chin propped on her hand, looked back at her.

"You have brown eyes," Suyi said.

"Kids used to call me 'dog-eyed' when I was young." Yi-gyeong noticed that her voice was trembling slightly.

"Do you care what people say?"

Yi-gyeong shook her head, but it wasn't true. Each time someone had noticed the color of her eyes and said so, she had felt a tinge of shame. Dog-eyes. Weird eyes.

Suyi sat very still and looked into Yi-gyeong's eyes. No one had looked at her like that before. *Who knew that a person could look at another person for*

처럼 어지럽고 속이 울렁거렸다. 수이의 손을 잡았을 때, 세상에 이보다 더 좋은 건 없으리라고 생각했다. 창고 구석에서 수이를 처음 안으면서 이경은 자신이 뼈와 살과 피부를 가진 존재라는 것에 감사했고, 언젠가 죽을 때가 되면 기억에 남는 건 이런 일들밖에 없으리라고 확신했다.

둘이 함께한 첫해의 여름은 그렇게 흘렀다. 수이는 훈련 외의 시간을, 이경은 보충수업 외의 시간을 모두 서로를 만나는 시간으로 사용하려 했다. 숨어서 서로의 몸을 만지는 건 어려운 일이었지만 이경의 집이 비는 날엔 그곳에서 만나기로 하면서 그런 어려움은 줄어들었다.

그들은 오래도록 키스했다. 혀와 입술의 맛, 가끔씩 부딪치는 치아의 느낌, 작은 코에서 나오는 달콤한 숨결에 빠져서 시간이 어떻게 흘러가는지조차 인지할 수 없었다. 자신의 몸이라는 것도, '나'라는 의식도, 너와 나의 구분도 그 순간에는 의미를 잃었다. 그럴 때 서로의 몸은 차라리 꽃잎과 물결에 가까웠다. 우리는 마시고 내쉬는 숨 그 자체일 뿐이라고 이경은 생각했다. 한없이 상승하면서도 동시에 깊이 추락하는 하나의 숨결이라고.

둘은 사이좋은 자매들처럼 같이 낮잠을 자기도 했다.

so long? To look at someone with all expression set aside?
Yi-gyeong thought, as she realized she was looking
at Suyi in the same way.

Without holding so much as Suyi's finger, without
touching her even in the slightest, Yi-gyeong's
body reacted whenever she was near Suyi. She felt
dizzy and sick, as if she was hanging upside down
on the monkey bars. When she held Suyi's hand,
she thought there was nothing better in the world.
When she held Suyi for the first time in the gym
equipment storage room, she gave thanks for being
made of bones, flesh, and skin, and was sure these
were the only things she would remember on her
deathbed.

Thus their first summer together went by. When
Suyi was not at soccer practice and Yi-gyeong
wasn't in supplementary summer class, they tried to
spend all of their spare time together. It was diffi-
cult to run their hands over each other out of sight,
but the challenge diminished when they started
hanging out at Yi-gyeong's house whenever her
family was out.

수이는 잠든 이경의 모습을 가만히 바라보는 일을 좋아
했다. 얕은 잠을 자면서도 이경은 수이의 시선을 느꼈
고, 눈을 뜨면 자신을 쳐다보는 수이의 검은 눈동자를
볼 수 있었다. 같은 베개를 베고 서로의 눈을 마주볼 때
면, 이경은 수이의 눈 속에서 수이의 얼굴을 담은 자신
이 보였다. 그들은 따뜻하고 몽롱하게 서로의 눈 속에
잠겨 있었고, 그럴 때 말은 무용했다.

여자를 좋아하는 여자가 있다는 사실을 이경은 들어
알고 있었다. 초등학교, 중학교 때 아이들이 '레즈'라는
단어를 어떤 뉘앙스로 말하는지도 알았다. 레즈, 라는
말을 뱉을 때 아이들의 얼굴에 어리던 웃음은 레즈비언
이 어딘가 은밀하고 야릇하며 더럽고 무섭고 우스운 사
람들이라는 뜻을 담고 있는 것 같았다. 자신에 대해 확
실히 알지 못했을 때였는데도 이경은 그 아이들과 함께
웃을 수가 없었다.

수이와 함께 있을 때 이경은 자신이 다른 몸으로 태어
난 것 같았다. 눈으로 볼 수 있는 풍경과 코로 들이마시
는 숨과 피부에 닿는 공기의 온도까지도 모두 다르게 느
껴졌다. 모든 감각기관이 한 꺼풀 벗겨진 느낌이었다. 수
이를 만나기 전의 삶이라는 것이 가난하게만 느껴졌다.

They kissed long. The taste of tongues and lips, teeth sometimes clicking together, and sweet breath from the nose plunged them into a place where the flow of time was imperceptible. The body of their selves, the "self" itself, even the distinction between "you" and "me" lost their meaning in these moments when their bodies were like petals and water. Yi-gyeong thought: *We are no more than the breath we drink in and breathe out. One breath that rises infinitely but falls to the depths at the same time.*

They would nap like sisters. Suyi liked to watch Yi-gyeong sleep. Half asleep, Yi-gyeong felt Suyi's gaze on her, and saw Suyi's black eyes when she opened hers. Gazing into each other eyes, their heads resting on the same pillow, Yi-gyeong could see in Suyi's eyes her own face bathed in Suyi's gaze. They sank into a warm, dreamlike place in each other's eyes, where words had no purpose.

Yi-gyeong had heard that some women liked women. In elementary and middle school, she had heard the nuance in the way other kids sometimes use the word "lezzie." Their sniggers seemed to say that lesbians were mysterious, peculiar, dirty, fright-

하지만 수이는 '조심해야 한다'고 말했다. 같이 다니더라도 딱 붙어 걷지 말고, 운동장 스탠드에도 떨어져 앉자고 했다. 그런데도 자꾸 몸이 수이에게 다가갔고, 그럴 때면 수이는 차가운 표정으로 이경을 바라봤다. "이거 놔." 그렇게 말하고 뚝 떨어져서 걸어가는 수이의 뒷모습을 볼 때면 이경은 버려지고 무시당한 것만 같은 기분에 눈물이 났다. 수이에게 말도 없이 발걸음을 돌려서 자기 집으로 간 날도 여럿이었다. 그 문제로 둘은 자주 싸웠다. 이경이 친한 친구에게 자신의 연애에 대해 말하고 싶어 했을 때도 수이는 화를 냈다.

"상대가 너라는 건 말하지 않을 거야."

"걔네가 알아채지 못할 것 같아? 그게 나라는 걸?"

수이는 얼굴이 새빨개지도록 화를 내고 한동안 말을 하지 않았다. 하지만 언제나 먼저 사과하는 건 수이였다.

수이는 자기 정체성이 밝혀진 뒤 모두로부터 외면당하는 꿈을 자주 꿔왔다고 했다. 자신은 어린 시절부터 자신에 대해 알았다고. 세상에 여자를 좋아하는 여자가 있다는 사실을 알기 전부터도.

"나는 내가 무서웠어."

그때가 수이가 자신의 가장 깊은 마음을 보여줬던 순

ening, and ridiculous. Even before she knew what she was, she wasn't able to laugh with those kids.

When she was with Suyi, it was as if she had been reborn in a new body. The scenery she took in, the breathing through her nose, the temperature of the air on her skin all felt different. A layer had been peeled off all her sensory organs. The life she had lived before Suyi felt deprived.

Suyi said they had to "be careful." She told Yi-gyeong not to walk so close to her, and that she had to sit apart from her on the bleachers. But Yi-gyeong's body kept gravitating toward Suyi, who looked back at her coldly. "Get off me," she would say, as she walked ahead of her, leaving Yi-gyeong tearful and feeling abandoned. Several times, Yi-gyeong turned around and went home without saying a word to Suyi. The two often fought over this. When Yi-gyeong said she wanted to tell a close friend that she was seeing a girl, Suyi became angry.

"I'm not going to tell her it's you."

"You don't think they're going to figure it out—that it's me?"

Suyi turned red with anger and did not speak to

간이었다.

이경과 수이가 사귄 지 백 일이 되던 무렵이었다. 그날도 강 위 다리난간에 기대어 이야기하고 있는데 어떤 키 큰 여자가 웃으며 그들 쪽으로 걸어왔다. 이경을 쳐다보는 여자의 얼굴에 묘한 미소가 어렸다. 속을 아프게 찌르는 웃음이었다.

"사귀는 애니?"

여자는 그렇게 말하고 수이의 어깨를 툭 밀고 지나갔다. 중심을 잃은 수이가 이경 쪽으로 쓰러졌다. 여자가 아주 멀리 갈 때까지 수이와 이경은 아무 말도 하지 않은 채 난간을 두 손으로 꼭 쥐고 있었다. 귀 끝까지 빨개진 수이가 이경을 보며 쓴웃음을 지었다.

"누구야?"

"중학교 선배." 수이가 조용히 말했다. 둘은 그 일이 없었던 것처럼 말하고 행동했지만 그 일로 서로가 크게 상처받았다는 사실을 알았다. 여자는 수이가 사람이 아닌 것처럼 밀쳤어. 수이의 말이 맞았다는 걸 이경은 그제야 깨달았다. 이 작은 동네에서 수이와 이경은 조심하고 또 조심해야 했다.

Yi-gyeong for some time. But Suyi would always apologize first.

Suyi said she often had dreams in which her identity was revealed and everyone rejected her. She said she had known what she was since she was young—long before she knew there were women who liked women.

"I was afraid of myself."

For the first time, Suyi had revealed her innermost thoughts to Yi-gyeong.

About three months into their relationship, they were leaning against the railing on the bridge and chatting, when a tall woman approached them. She came right up to them, and an eerie smile emerged on her face as she looked at Suyi. It was the kind of smile that stabbed hard.

"Is this your girlfriend?" she asked Suyi, knocking into her shoulder as she passed. Suyi lost her balance and fell toward Yi-gyeong. The two clutched the railing with both hands and did not say anything until the woman was far away. Her ears and neck red, Suyi looked at Yi-gyeong and smiled bitterly.

"Who was that?"

같이 스쿠터를 타면 어떨까, 라는 생각이 든 건 그 여름이 다 지나가기 전이었다. 차고에서 스쿠터를 끌고 나오는 이경을 보고 수이는 인상을 찌푸리며 웃었다.

"너 날라리구나. 이런 거 타고 다니고."

"내가 어딜 봐서 날라리야."

"나쁜 짓만 골라서 하고."

"너한테 배웠지."

"정말 나쁘다. 나쁜 애야 너."

'나쁘다'라는 말이 이경은 마음에 들었다. 수이 앞에서라면 얼마든지 더 나빠질 수 있을 것 같았고, 그러고 싶었다. 이경은 수이를 태우고 가장 긴 노선을 따라 스쿠터를 몰았다.

무력감에 잠길 때, 이경은 그때의 일을 기억한다. 강을 따라 돌고 돌아가던 길에서 나던 물 냄새와 풀 냄새, 오래된 스쿠터의 엔진 소리와 자신의 허리를 감싸 안던 따뜻한 팔의 감촉, 합숙소 근처까지 오고서도 아쉬워서 스쿠터에 앉았다 내렸다가를 반복하던 일, 그때 수이가 짓던 우스꽝스러운 표정, 집으로 돌아갈 때 스쿠터 백미러로 보이던, 점점 작아지던 수이의 모습.

사랑을 하면서 이경은 많은 일들을 사랑에 빠진 사람

"We went to middle school together," Suyi said quietly. Afterward, they acted as if the incident had never happened. But they were deeply hurt by it. The woman had pushed Suyi as if she wasn't a real person. Yi-gyeong realized Suyi was right: they couldn't be too cautious in this small town.

Before the end of the summer, they started going for rides on a scooter. Suyi frowned as she watched Yi-gyeong pull the scooter out of the garage.

"You're a hooligan, riding around on a scooter."

"How am I a hooligan?"

"You do all the bad things."

"I learned them from you."

"Real bad. You're a bad girl."

Yi-gyeong liked being called "bad." She felt she could be as bad as she wanted around Suyi, and she wanted to. Yi-gyeong gave Suyi a ride to her dorm, taking the longest possible route.

Later, whenever Yi-gyeong felt helpless, she would think about those rides. The smell of water and grass along the meandering road next to the river, the sound of the old scooter's engine, the sensa-

의 입장에서 이해할 수 있었다. 수이의 단단한 사랑을 받고 나니 그렇게 두려워하던 사람들의 시선과 자신에 대한 판단이 예전만큼 겁나지 않았다.

고등학교를 다니던 내내 이경은 머리를 검은색으로 염색해야 했다. 머리카락이 갈색이어서 교칙에 위반되었기 때문이다. 뿌리부터 다시 갈색 머리가 자라나면 선도부에 불려가서 훈계를 듣고 그 부분을 검게 염색해야 했다. "넌 눈도 갈색이구나?" 자신을 바라보던 선도부장의 찌푸린 얼굴 앞에서 이경은 더 이상 주눅들지 않았다. 당신은 사랑이 부족하구나. 아무도 당신 같은 사람을 사랑해주지 않을 테니까. 그 찌푸린 얼굴을 이경은 속으로 비웃을 수 있었다.

짧은 가을과 긴 겨울을 지나는 동안 이경과 수이는 더 깊은 이야기를 나눴다. 고등학교를 졸업하면 이곳을 떠나자는 이야기, 같은 도시로 가서 살자는 이야기였다. 수이는 어른이 되면 돈을 많이 벌 것이라고 말했다. 대학 팀에 들어가서 졸업 후 실업 선수로 뛰고, 그 후에는 운동 관련 사업을 할 거라고 했다.

이경이 보기에 그즈음 수이는 너무 애쓰고 있었다. 훈

tion of warm arms wrapped around her waist, stopping near Suyi's dorm, where, unwilling to part, Suyi would get on and off the scooter, the silly face Suyi would then make, and how Suyi would grow smaller in the side mirror as Yi-gyeong rode away.

In love, Yi-gyeong was able to understand many things. The recipient of Suyi's steadfast love, Yi-gyeong was no longer as afraid of other people's eyes or remarks.

Yi-gyeong had to dye her hair black all through high school. Her hair was thin and brown, against school rules. When the brown roots started coming in, the prefects stopped her at the school gate in the morning to scold her, and she had to dye it black again. "Your eyes are brown, too." Yi-gyeong no longer cowered before the prefect's scowl. *You aren't loved enough. Why would anyone love you?* Yi-gyeong was able to secretly laugh at the scowling face.

Over the short autumn and long winter, Yi-gyeong and Suyi talked about a lot of things. They discussed plans to leave the town after high school and live in the same city. Suyi had plans to make a lot of mon-

련 시간을 제외하고도 체육관에 가서 혼자 근력 운동을 했고, 이경과 데이트하던 주말까지도 모두 훈련에 쏟아부었다.

여자 축구선수 팀이 있는 학교가 얼마 없었기에 수이는 남자 중학교 선수들과 연습 시합을 하기도 했다. 그런 날이면 수이는 어느 때보다도 침울해졌다. 처음에는 이유를 몰랐지만 시간이 지나면서 이경도 차차 그 사정을 알게 됐다. 남자 중학생 선수들이 경기 중에 여자 선수들의 몸을 만진다는 것이었다. 다른 선수들도 그런 일들을 겪었지만 그저 욕을 하고 털어버리는 분위기였다.

문제 제기를 한 수이에게 코치는 오히려 불쾌해했다. 운동선수가 운동이나 하면 되지 다른 일에 신경을 쓴다는 반응이었다. 그런 소리 할 시간에 운동이나 열심히 해라. 남자애들은 원래 다 그런 거고, 짓궂은 장난에 감정적으로 대응하는 건 유치한 일이라고 했다. '짓궂다'는 말이 무슨 뜻인지 줄곧 생각해왔다고 수이는 이경에게 말했다.

"비열한 말이라고 생각해." 수이가 말했다. "용인해주는 거야. 그런 말로 자기보다 약한 사람을 괴롭힐 수 있는 권리를 주는 거야. 남자애들은 원래 그렇다니."

ey when she grew up. She would join a university team and then become a professional athlete upon graduation, and then get into a sports-related business when she retired.

In Yi-gyeong's eyes, Suyi was struggling too hard. She did muscle training regimens alone at the school gym when she wasn't at practice, and even weekends reserved for dates with Yi-gyeong were now devoted to training.

Suyi's team sometimes had practice games with the boys' middle school team because there weren't many girls' high school teams around. This depressed Suyi more than anything. Yi-gyeong did not know at first, but soon came to realize that the boys groped the girls during the game. Other girls on her team cussed them out and shook it off.

When Suyi brought it up with the coach, he expressed irritation at Suyi. He implied she should focus on the game instead of being distracted by such things. He said her time would be better spent practicing. That the boys were just acting like boys, and that it was childish to get emotional over a harmless joke. Suyi said she'd been thinking about

수이가 그런 말을 할 때 이경은 어떻게 답해야 할지 알지 못했다. 눈물이 날 정도로 화가 나서 당장이라도 그 코치와 남자애들을 찾아가 정강이를 걷어차주고 싶었다. 그런 일을 겪고 혼자 그 말들을 곱씹었을 수이를 생각했다. 그렇게까지 참아가면서 운동을 해야 하나. 훈련이라는 명목으로 허벅지에 멍이 들도록 맞아가면서, 모욕적인 말을 들어가면서까지 해야 하는 가치가 있나.

"수이야, 힘들면 관두면 돼. 네가 참아가면서 사는 거 싫어." 이경은 자주 그렇게 말했다.

수이의 경기를 보러 간 적이 있었다. 관람객도 별로 없는 썰렁한 구장에서 이경은 이리저리 달리는 수이의 모습을 지켜봤다. 선수들은 모두 긴장한 표정으로 경기에 임했다. 후반전까지 무득점으로 이어지던 경기는 연장전에서 상대편이 1점을 넣으면서 끝났다. 수이 팀 벤치 뒷자리에 앉아서 경기를 보는 내내 이경은 고통스러웠다. 연장전으로 가게 되면서 힘들게 숨을 쉬는 수이를 보는 것이 괴로웠고, "야, 이수이!" 외치는 감독의 날카로운 목소리가 듣기 싫었다.

미드필더인 수이는 경기 내내 쉬지 않고 집중했다. 그

the meaning of that word "harmless."

"I think it's a nasty word," Suyi said. "It's turning a blind eye. It's giving them the right to bully people who're weaker. *They're just being boys!*"

Yi-gyeong did not know what to say. She was so angry she could cry. She wanted to find the coach and boys and kick them in their shins. She thought about how Suyi must have chewed over those words after going through it alone. Was soccer so important to her that it was worth putting up with all that? And was it also worth having the coach cane her in the thighs and insult her in the guise of training?

"You can quit if it's too hard, Suyi. I don't want you putting up with all this," Yi-gyeong would often say.

Yi-gyeong went to one of Suyi's games once. In the deserted soccer stadium with very few people in the stands, Yi-gyeong watched Suyi run around on the field. The players had tense looks on their faces. No one scored any goals, until the other team scored a goal in overtime. Watching the game from the back row on Suyi's side of the stadium

런데도 공을 뺏겨 공격에 실패했고 쉽게 자리를 내줘서 상대팀 공격을 제대로 막아내지 못했다. 두 팀 모두 비등비등한 실력이었지만 수이는 스물두 명의 선수 중에 가장 부진한 선수로 보였다. 무슨 일인지 감독이 선수교체를 하지 않아 수이는 벌을 받듯 연장전까지 그 상태로 뛰어야 했다. 그 모습을 자신이 보고 있다는 사실을 알기에 더 괴로웠을 것이라고 이경은 생각했다.

그 경기 이후 수이는 더 치열하게 훈련에 매진했다. 무언가가 되어야겠다고 생각해본 적이 없었던 이경으로서는 그렇게까지 해서 꿈을 이루려는 수이를 이해하기 쉽지 않았다. 이런 어려움을 다 겪고 나서야 이룰 수 있는 꿈이라면 포기하는 것이 더 나으리라고 생각했다. 매일 긴장 속에서 연습해야 하고, 경기에 들어가고, 자기 의지와는 무관한 경기 결과로 평가받아야 하는 일이라면.

"힘들면 그만두면 되잖아."

"그게 말이 되니." 수이가 대답했다. "그게 말이 된다고 생각해?"

"그래도……."

"아무것도 모른다, 넌."

was painful for Yi-gyeong. It was hard to watch Suyi running on fumes in overtime, and unpleasant to hear the coach bark out, "Suyi Lee!"

A midfielder, Suyi had to stay focused for the entire game. Still, the ball was intercepted and the offensive failed, and the hole in the defense left them unable to block a winning shot. The two teams performed at about the same level, but Suyi appeared to be the least competent player on the field. The coach did not send in a substitute, for some reason, so Suyi had to play all the way through to the end of overtime, as if she was being punished. Yi-gyeong also imagined that her watching the game made it much more agonizing for Suyi.

After that game, Suyi threw herself more fiercely into training. It was hard for Yi-gyeong, who had never been so determined, to understand Suyi's ambition. She thought: if a dream is something that can only be attained through this much suffering, giving it up is the better choice. It was better than having to practice every day in a tense atmosphere, playing in matches, and being judged according to results she had little control over.

수이는 화가 난 채로 집에 가버렸고, 한동안 이경에게 찾아오지 않았다.

이제 이경은 안다. 축구는 수이에게 선택하고 말고의 문제가 아니었다. 수이의 선택이었다고 하더라도 아주 적은 수의 선택지에서 고른 일이었을 것이다. 수이에게 축구는 세상과 자신을 연결시켜줄 수 있는 단 하나의 끈이었다. 그런 수이에게 이경은 선택에 대해 말했다. 자신에게 주어진 선택지가 수이보다 훨씬 더 많았다는 사실을 조금도 이해하지 못한 채로.

수이는 이미 중학교 삼학년 때 십자인대 부상을 입었었다. 재활을 했고 조심했지만 고등학교 삼학년 여름에 그 부위를 다시 다쳤다. 남자 중학생들과의 연습 경기에서 일어난 일이었다. 아무런 악의도 없었던 중학생의 '장난'으로 수이는 돌이킬 수 없는 부상을 입고 말았다. 수이는 합숙소에서 짐을 빼고 부모의 집으로 돌아갔다. 더 이상 과격한 운동을 해서는 안 된다는 최종 통보를 듣고 나서였다.

이경은 당시의 수이가 어떤 상실을 경험했는지 짐작도 하지 못했다. 그런 자신의 무지가 답답하고 괴로웠다.

"If it's so hard, why don't you just quit?"

"What are you saying?" Suyi asked. "You don't know what you're talking about."

"But..."

"You don't understand anything."

Suyi went home angry, and did not see Yi-gyeong.

Yi-gyeong understood now: for Suyi, soccer was not a matter of choice. And even if it was, it was one choice out of very few options. For Suyi, soccer was the tie that connected her to the world. Unable to see this, Yi-gyeong had spoken to Suyi about choice, without realizing that she had many more options than Suyi.

Suyi had an ACL injury from freshman year. Although she was doing physical therapy and being careful, she reinjured it in the summer of her senior year. It happened during a practice game with the middle school boys. The boys' monkeying around led to an injury from which she couldn't recover. Suyi moved out of the dorm and back into her parents' house. The doctor had made it clear: she had

자신이 할 수 있는 일은 수이를 스쿠터에 태우고 돌아다니는 것뿐이었다. 그럴 날이면 다리 위에 스쿠터를 세워놓고 하류로 흘러가는 강물을 한참 바라보기도 했다.

밤의 강물은 금속의 표면 같았고, 강변에 우거진 나뭇잎들은 바람에 흔들리는 검은 깃털들 같았다.

"계속 보면…… 정말 이상해." 수이가 말했다.

"뭐가?"

"강. 너무 큰 물이잖아."

"응…….'

"자꾸 보고 있으면 이상해서."

"겁이 나나보다."

수이는 조용히 고개를 젓고는 다리난간을 두 손으로 꽉 움켜쥐었다. 수이의 시선은 강물을 향하고 있었지만 텅 빈 것처럼 보였다. 분명 강물을 보고 있었지만 아무것도 보지 않는 것 같았고, 두려워하면서도 매혹된 듯 보였다. 이경은 쳐다보지도 않고 내내 강물에 시선이 붙박여 있었다.

2

스무 살 봄, 이경과 수이는 서울로 이주했다. 이경은

to avoid strenuous physical activities.

Yi-gyeong did not fully understand what the loss meant to Suyi. Frustrated and tormented by her lack of insight, Yi-gyeong took Suyi on rides around town. They would sometimes stop on the bridge for a while and watch the river flow.

The surface of the water at night looked like metal, and the tree leaves on the riverbanks looked like black feathers blowing in the wind.

"If you keep staring at it, it looks so weird," said Suyi.

"What does?"

"The river. It's such a big body of water."

"Uh-huh..."

"It feels weird to keep looking at it."

"You must be scared."

Suyi quietly shook her head and grabbed the railing hard with both hands. Her eyes were on the river, but they looked empty. She was focused on the act of looking, but she didn't seem to be seeing anything; she appeared to be scared and fascinated at the same time. She was so consumed that she wouldn't even look at Yi-gyeong.

서울 한복판에 있는 대학의 경제학과에 입학했고, 수이
는 서울 외곽의 직업학교에서 자동차 정비를 배우기 시
작했다. 수이는 부모로부터 어떤 경제적 지원도 받지 못
했다. 이경은 기숙사에 당첨되었지만 수이는 보증금 없
이도 계약이 가능한 '잠만 자는 방'에서 서울 생활을 시
작해야 했다.

천식이 있는 이경은 습하고 환기가 잘되지 않는 수이
의 방에 오래 머무르지 못했다. "더 있을 수 있어." 이경
은 말했지만, 수이는 한 시간도 지나지 않아 눈물 콧물을
흘리는 이경에게 계속 함께 있자고 붙잡을 수 없었다.

만족스러울 때까지 서로의 몸을 안고, 만지고, 같이
잠들 수 있는 시간은 그래서 언제나 부족했다. 성인이
되고 고향을 벗어나면 모든 일들이 그전보다는 나아질
거라고 생각했지만 상황은 오히려 악화된 듯 보였다. 수
이는 직업학교를 다니면서 고등학교 선배가 개업한 갈
빗집에서 설거지 아르바이트를 했다. 부모로부터 학비
를 지원받고, 틈틈이 용돈도 받는 이경은 그런 수이 앞
에서 할 말이 없었다. 학교 앞 밥집에서 아르바이트를
하기는 했지만 그야말로 여분의 돈을 마련하기 위한 일
이었지 수이처럼 절박한 돈벌이는 아니었다.

2

In the spring, when they both turned twenty, Yi-gyeong and Suyi moved to Seoul. Yi-gyeong became an economics major at a university in the heart of the city, while Suyi started learning auto mechanics at a vocational school in the outskirts, with no financial support from her parents. Luckily, Yi-gyeong had won the dorm lottery, but Suyi had to start her life in Seoul in a boardinghouse that required no key deposit to sign that lease and a room advertised "for people who come home only to sleep."

Yi-gyeong had asthma and couldn't stay long in Suyi's damp, stuffy room. "I can stay a little longer," she would say, but all it took was an hour for her to start wheezing. And Suyi wouldn't ask her to stay longer.

As a result, there was never as much time to hold and touch each other as they wanted, or to fall asleep together. They thought growing up and leaving their hometown would make everything easier, but it seemed to make it worse. While attending vocational school, Suyi worked part time as

직업학교와 아르바이트를 병행하느라 수이는 언제나 바빴고, 데이트는커녕 전화도 마음 놓고 오래 하지 못했다. 이경이 문자를 보내도 수이에게서 곧바로 답을 받지 못하는 때가 많았다. 이경은 기숙사 침대에 누워서 수이와 함께 지냈던 시간들을 그리워했다. 사랑하는 수이를 다른 사람을 그리워하듯 그리워한다는 사실에 새삼 서글퍼졌다. 함께 스쿠터를 타고 다니던, 자신의 집에 누워서 성인이 된 뒤의 자유로운 삶에 대해 이야기하던 그 시간이 쓸쓸하게 기억됐다. 눈을 감으면 흰색 유니폼을 입고 운동장을 뛰어다니던 열여덟의 수이가 보였다. 고작 이 년 전의 일이었지만 훨씬 더 오래된 일처럼 느껴졌다.

첫 여름방학이 시작되었다. 이경은 한강변에서 자전거를 타기 시작했고, 레즈비언 바에도 처음 가보았다. 같이 가자는 이경의 제안에 수이는 시간이 없다고 하다가, 시간이 나도 그런 곳은 가기 싫다고 말했다. 너랑 나만 있으면 되지 왜 굳이 그런 곳까지 가야 하는지 모르겠다고 했다.

이경은 직업학교 앞에서 수이를 기다렸다. 기숙사에

a dishwasher at a barbecue place owned by a friend from high school who had been a few years ahead of her. Yi-gyeong, whose parents paid her tuition and, from time to time, gave her an allowance, didn't know what to say to Suyi about her situation. She worked part time at a restaurant near her school—but only for extra income, not the dire means of livelihood that it was for Suyi.

Between school and work each day, Suyi hardly had time for a long phone conversation, let alone a date. When Yi-gyeong texted her, Suyi did not respond right away. Yi-gyeong lay on her dorm bed and longed for the days she spent with Suyi. She was saddened by the realization that she could long for Suyi, whom she still loved, as if she was longing for someone else. She sullenly remembered the days they used to ride around town on the scooter and to lie in Yi-gyeong's house daydreaming about the freedom they would enjoy when they became adults. Yi-gyeong closed her eyes and saw the eighteen-year-old Suyi running around the soccer field in her white uniform. Just two years ago, it felt like the distant past.

서 버스를 타고 한 시간 삼십 분은 가야 했지만, 수이가 보고 싶은 마음이 차오르면 그렇게라도 해서 찾아갔다. 수이의 수업이 끝나면 둘은 김밥천국에 가서 오므라이스나 김치볶음밥 같은 음식을 시켜 먹었다. 이경은 어두운 조명 밑, 수이의 까만 손톱을 가만히 바라봤다. 최대한 바짝 깎은 손톱에 기름때가 껴 있었고, 손끝도 기름때로 반질거렸다. 머리카락과 목은 온통 땀에 젖어 있었다.

이경은 수이가 언제나 하루를 최대치로 살아낸다고 생각했다. 어릴 때부터 운동을 시작하면서 자기 한계를 이겨나가는 것에 익숙해진 사람이라고. 단 하루도 허투루 보내지 않고, 누구에게도 의지하지 않으려 하고. 이경의 눈에 수이는 힘들어도 힘들다는 말을 하지 못하는 사람처럼 보였다.

"일 많이 힘들지 않아?" 이경이 물었다.

"배우는 건데 뭐."

수이는 그렇게 말하고 오므라이스를 허겁지겁 먹었다.

"천천히 먹어. 저녁 좀 대충 때우지 말구."

수이는 별 대답 없이 이경을 향해 웃어 보였다.

"돈은 좀 있니."

When the first summer vacation began, Yi-gyeong's routine changed a bit. She started going for bike rides along the Han River, and went to her first lesbian bar. When she first brought up the idea of going with her to a bar, though, Suyi seemed very hesitant. She said she didn't have time, then that she wouldn't go to such a place even if she did. *Why go to a place like that when I'm happy just being with you?*

Yi-gyeong waited for Suyi in front of the vocational school. The trip took an hour and a half by bus from her dorm, but she missed her so much, feeling about to burst, that she had to see her whatever way she could. When Suyi got out of class, they went to a *kimbap* restaurant for *omu*-rice or kimchi fried rice. Yi-gyeong looked at Suyi's blackened nails under the dim light of the place. Her short nails were stained black with oil and her fingertips glistened with grease. Her hair and neck were soaked with sweat.

Yi-gyeong thought that Suyi always lived every day of her life to the fullest. She started doing sports at a young age, and had become accus-

"너보단 많지." 수이는 그렇게 말하고 윙크했다.

그런 수이를 보며 이경은 대학에서 알게 된 아이들을 생각했다. 자기 주량에도 안 맞는 술을 잔뜩 마시고 울기도 하면서 주정하는 아이들을. 별로 궁금하지도 않은 자신의 일대기를 주절주절 털어놓는 아이들을. 자신의 약점을 부끄러움 없이 노출하는, 억눌리지 않은 아이들의 자아가 이경은 신기했었다. 십자인대가 나가도, 평생의 꿈이 시들어 버려도 그 슬픔을 조금도 토로하지 않았던 수이가 그제야 이경은 낯설게 느껴졌다.

"나한텐 말해도 돼. 힘든 일 있으면."

"나 그렇게 안 힘들어. 진짜야. 배우는 것도 재밌고."

"수이야."

"시험만 끝나면 같이 놀러가자. 어디 갈까? 너 바다 보고 싶다고 했잖아."

텔레비전에서는 한국과 독일의 월드컵 4강 경기가 재방송되는 중이었다. 그해 여름은 어디를 가든 월드컵 이야기밖에 들리지 않았다. 음식점에서도, 술집에서도, 거리에서도 매일 한국의 월드컵 경기가 재방송됐다. 수이와 음식점에 들어가면 이경은 수이가 텔레비전을 등지고 앉도록 텔레비전이 보이는 쪽에 자리를 잡았고, 수이

tomed to overcoming limits on her own. She did not waste a single day, and never depended on anyone. To Yi-gyeong, Suyi seemed like she suffered silently.

"Isn't the job hard?" Yi-gyeong asked.

"Nah, I'm learning," Suyi replied, shoveling *omu-rice* into her mouth.

"Slow down. And get yourself a proper dinner."

Suyi smiled at Yi-gyeong without much of a response.

"Do you have enough money?"

"More than you," said Suyi, winking. As she watched Suyi eat, Yi-gyeong thought of her classmates at the university: kids who drank too much and acted out or cried, kids who unloaded their life's story to an uncaring Yi-gyeong. Yi-gyeong actually marveled at their unrepressed egos—kids who exposed themselves without feeling ashamed. She started to feel distant from Suyi, who did not let slip even a little sign of sadness, no matter what happened, even when her ACL had been permanently damaged and her life's dream had been crushed.

"You can talk to me about it. If you're upset about

의 흥미를 끌 만한 이야기를 하면서 방송이 들리지 않는 것처럼 행동했다. 세상이 작당한 듯이 아직 아물지 않은 수이의 상처를 들쑤시는 것 같았다.

"다음 월드컵은 독일에서 한다더라." 수이가 말했다.

"그래?"

"응. 그렇대. 그때 같이 갈래? 그때 되면 둘 다 여유도 생길 테고, 여름휴가 내면 될 테니까."

"그러자."

"약속했어."

그렇게 말하며 웃는 수이의 얼굴에 두려움이 비친 것 같다고 이경은 생각했다. 수이는 무엇을 두려워하는 것일까. 자신의 장래일까, 돈일까, 나와의 관계일까, 그 모든 것일까. 수이는 늘 미래에 관해서만 이야기해왔었다. 마치 자기는 과거나 현재와 무관한 사람이라는 듯이 성인이 되면, 대학에 가면 벌어질 미래의 일에만 관심이 있었다. 그리고 지금 수이는 사 년 뒤의 우리에 대해 이야기하고 있어. 그것도 한 치의 의심 없이 기다려온 미래에 배반당한 적 있는 수이가.

이경은 일주일 동안 고향 집에 내려가 있었다. 수이는

anything."

"I'm okay. Really. I'm learning interesting stuff."

"Suyi—"

"Once this it over, once the exam is over, we'll go someplace. Where do you want to go? You said you wanted to see the ocean."

A replay of the World Cup semifinals between Korea and Germany was televised in the restaurant. Everywhere they went that summer, the only thing anyone talked about was the World Cup. Restaurants, bars, even the streets were fill with replays of games from World Cup Korea. When Yi-gyeong went to a restaurant with Suyi, she sat facing the television, so Suyi could have her back turned to it, and Yi-gyeong brought up topics of conversation that would distract her, as Yi-gyeong pretended not to hear the TV. The world seemed out to needle Suyi where her wound was still raw.

"The next World Cup is in Germany," said Suyi.

"Yeah?"

"Uh-huh. Do you want to come to Germany with me then? We'll both have some extra income by then. We can take time off from work?"

자격증 시험 준비 때문에 같이 갈 수 없다고 말했지만 이경은 수이에게 다른 문제가 있다는 깃을 직감했다. 수이는 자기 가족에 대한 이야기를 별로 하지 않았고, 가족에 대한 질문 자체를 거북해했다.

고향의 모든 공간은 수이와의 기억으로 뒤덮여 있었다. 수이와 이곳에서 함께 보낸 시간은 고작 일 년 반 정도였지만, 그 시간의 밀도는 수이를 만나기 전의 십칠 년을 압도했다. 강 위의 다리, 학교 운동장, 읍내 거리……. 수이를 만나지 않았더라면 이 공간은 책가방을 메고 도시락 가방을 들고 오갔던 외로운 곳으로만 기억되었을 것이다.

이경은 댐이 보이는 둔치 쪽으로 스쿠터를 몰았다. 읍내에서 사 킬로미터밖에 떨어져 있지 않았지만 그곳은 수이와 이경이 가장 멀리 갈 수 있는 곳이었다. 그곳에서 그들은 조금이나마 자유로울 수 있었다. 계단 위에 앉아 이경이 수이의 무릎을 베고 누워 있기도 했고, 수이가 이경의 무릎을 베고 눕기도 했다. 수이의 무릎에 누워 올려다보던 하늘과 수이의 얼굴이 떠오른 순간, 어떤 생각이 이경을 스치고 지나갔다. 이제 그곳에 수이와 다시 올 순 없을 거라는 예감이었다.

"Sounds good."

"Deal."

But Yi-gyeong thought she saw fear flashing on Suyi's face as she smiled. What is Suyi afraid of? Yi-gyeong wondered. Her future, money, our relationship—everything? Suyi always talked only about the future. As if she had nothing to do with her past or present, she had only been interested in what would happen when she became an adult, when she went to college. And Suyi was now talking about her and Yi-gyeong four years from now. How could she, a girl who was betrayed by a future she had believed in without a doubt, think that way?

Yi-gyeong went back home for a week. Suyi said she couldn't go because of her licensing exam, but Yi-gyeong instinctively knew that something was up. Suyi seldom talked about her family; questions about them made her uncomfortable.

Every place in Yi-gyeong's hometown was saturated with memories of Suyi. She had only spent a year and a half in that town with Suyi, but the den-

그곳은 수이가 자신에 대해서, 자신의 감정과 생각에 대해서 가장 많이 이야기했던 공간이기도 했다. 이경은 수이에 대해 더 많이 알고 싶었고 그래서 많은 질문을 했다. 수이는 가족에 대한 이야기만 제한다면 거의 모든 질문에 성실하게 답했다. 왜 운동을 시작하게 되었는지, 가장 좋아하는 교사는 누구인지, 가장 친한 친구와는 어떻게 만나게 되었고 지금은 어떤 관계를 유지하고 있는지, 자신과 다리에 서서 처음 이야기했을 때 어떤 심정이었는지, 그 이후로 자신을 얼마나 보고 싶어했는지.

수이가 자신에 대해 이야기하지 않게 된 건 언제부터였을까. 수이는 어느 순간 자신에 대해 말하는 법을 잊은 사람처럼 변해 있었다. 부상을 당했을 때도, 의사에게서 더 이상 축구를 할 수 없다는 진단을 받았을 때도 수이는 좀처럼 입을 열지 않았다. 자동차 정비 일을 시작했을 때도 마찬가지였다. 왜 그 일을 택했냐는 말에 수이는 어깨를 한 번 으쓱했을 뿐이었다. 수이에 대해 더 알고 싶었고, 수이가 매일 어떤 생각을 하며 지내는지 궁금했지만 대답 없는 질문을 계속하는 건 어려운 일이었다.

둔치 계단에 앉아서 이경은 서울에 올라온 뒤로 계속

sity of those years was staggering compared to the seventeen years that had preceded them. If she hadn't met Suyi, the bridge, the school field, the downtown streets would have been remembered as lonely spaces she'd passed through with her backpack and lunchbox in tow.

Yi-gyeong rode the scooter out to the riverbank with a view of the dam. It was only four kilometers from the downtown, but it was the farthest Yi-gyeong and Suyi would go on their trips. They had had more freedom there. Yi-gyeong had lain on the step with her head resting on Suyi's lap, and sometimes Suyi put her head on Yi-gyeong's lap. Looking up, Yi-gyeong pictured Suyi's face and the sky, and had a premonition: that she would never come here with Suyi again.

The riverbank with the view of the dam was the place where Suyi had spoken the most about herself, her feelings, and her thoughts. Yi-gyeong wanted to know more about Suyi, and asked her a lot of questions. Suyi diligently answered almost all her questions, as long as they weren't about Suyi's family: how she became an athlete, her favorite

해서 부정하던 사실을 인정했다. 나는 수이와 만나면서도 이렇게 외로웠구나. 벽을 보고 말하는 것처럼 막막했었구나. 너에 대해 더 알고 싶었는데, 더 묻고 싶었는데, 너의 생각과 감정을 조금이라도 나누고 싶었는데 그게 잘 되지 않았어.

이경은 레즈비언 바 사장이 추천한 인터넷 카페에 가입했다. 기숙사에 혼자 있는 시간 동안 카페에 올라온 이야기들을 읽고 채팅을 하면서 이경은 수이가 아닌 다른 사람들과의 관계에서도 소속감을 느낄 수 있다는 것을 알아갔다. 용기를 내서 오프라인 정모에 나갔다. 서로 나이도 다르고 하는 일도 가지각색인 사람들과 바에 모여 같이 술을 마시고 떠들어대면서 이경은 수이와 함께할 때 느낄 수 없었던 자유로움을 맛봤다.

새로 사귄 친구들은 이경을 좋아하는 것처럼 보였다. 부정적인 메시지를 전하거나, 훈계하려거나, 비꼬듯이 말하지 않았고, 이경과 보내는 시간을 진심으로 즐거워하는 것 같았다. 수이는 술을 단 한 잔도 마시지 않았지만, 새로 사귄 친구들은 아침 해가 뜰 때까지 이경과 함께 술을 마셨다. 술을 마시면 긴장이 풀어지고 작은 농

teacher, how she had met her best friend and what their relationships was like now, how she had felt when she talked to Yi-gyeong for the first time on the bridge, and how much she had missed her after that.

When was it that she had stopped talking about herself? Suyi was turning into someone who'd forgotten how to do so. When she injured her ACL and the doctor said she would never play soccer again, Suyi had not said much. It was the same when she decided to take up auto mechanics. When Yi-gyeong asked: Why auto mechanics? Suyi just offered a shrug. She wanted to know more about Suyi and wondered what went through her mind each day, but it was difficult to keep asking questions without getting answers.

Yi-gyeong sat on the steps of the riverbank and admitted that she'd been in denial of ever since she'd moved to Seoul. *I've been lonely even when I was with Suyi. As frustrating as talking to a wall. I wanted to know more about you, ask you about yourself, and be let in on your thoughts and feelings, but it didn't work out.*

담에도 웃음이 났으며 함께 있는 사람들을 하나하나 껴안아주고 싶어졌다. 수이를 생각하면 그립고도 화가 나서 눈물이 났다.

그중에서도 이경은 누비와 가까웠다. 스물네 살의 웹디자이너인 누비는 주로 민소매 블라우스에 원색의 긴 치마를 입고, 긴 머리는 까만 끈으로 묶고 다녔다. 누비의 얼굴은 이제 잘 기억나지 않는다. 하지만 걸어갈 때의 뒷모습만은 어쩐지 생생하게 기억난다. 걸을 때마다 높게 묶은 머리와 치맛단이 저 나름의 리듬으로 살랑살랑 움직이던 모습이.

누비와 이경은 술자리에 가장 늦게까지 남곤 했다. 친구들이 술에 취해서 하나둘씩 집에 돌아가고 나면 남은 안주를 먹으면서 일상을 이야기했다. 집도 지하철로 두 정거장 차이라서 첫차를 기다리며 편의점에서 같이 컵라면을 먹기도 했다.

"애인은 언제 보여줄 거예요?" 누비가 말했다.

"언젠가 오겠죠."

"우리랑 친한 거 질투하지 않아요?"

"그런 거 안 해요, 수이는. 자기 할 일도 바쁘니까."

"이것 좀 더 먹어요."

Yi-gyeong joined an online group recommended by the owner of the lesbian bar. Reading the posts and chatting with its members during the hours alone in her dorm room, Yi-gyeong realized that she could feel a sense of belonging in relationships with other people besides Suyi. She worked up the nerve to attend an offline meeting, and met the group's members. Drinking and chatting at the bar with people of all different ages and occupations gave Yi-gyeong a sense of freedom she hadn't felt when she was with Suyi.

Yi-gyeong's new friends appeared to take a liking to her. They didn't impose their negative views on her, or subscribe to moralizing or sarcasm, and seemed to genuinely enjoy spending time with her. Suyi did not drink alcohol, while Yi-gyeong did, and her new friends drank with her until dawn. Drinks took the edge off, made her laugh at the littlest jokes, and made her want to give each and every one of them a hug. When she thought of Suyi, she teared up with a mix of longing and anger.

Among her new friends, Nubi was closest to Yi-gyeong. A twenty-four-year-old web designer, she

누비가 라면 면발을 덜어 이경에게 건넸다.

"수이는요." 이경은 이렇게 말하면서 어색함을 느꼈다. 누군가에게 수이에 대해서 이야기하는 건 처음이었다. "자기 얘길 잘 안 해요. 그리고 한 번도, 제 앞에서 울었던 적도 없어요." 이런 이야기를 할 만큼 친한 사이는 아니라고 생각하면서도 한번 말문이 터지자 걷잡을 수가 없었다.

"수이가 저를 믿지 못해서 그런 건 아니겠지만…… 그런데도 자꾸 그런 생각이 들어요. 내가 아닌 다른 사람이어도 이랬을까. 나보다 섬세하고 성숙한 사람이라면 수이도 저절로 마음을 열지 않았을까……. 수이가 얼마나 외로울지, 제가 아무것도 몰라서 아파요. 걘 지금 무슨 생각을 하고 있을까요."

오랫동안 생각해오던 일이었지만, 막상 말로 뱉고 나니 경솔한 행동으로 느껴졌다.

"예전 애인이랑 오 년을 만났어요. 통신에서 만났죠. 다른 애들도 모르는 이야기를 해볼까요." 누비의 얼굴에 피로한 미소가 어렸다. "오 년 만나는 건 꽤 어려운 일이잖아요. 그것도 어릴 때 만나서 이만큼 온 거니까. 우린 모든 걸 함께했어요. 그 사람은 어떤지 모르지만 저는

wore sleeveless blouses and long skirts in primary colors, and her long hair in a ponytail held together with a black elastic. Yi-gyeong couldn't remember Nubi's face now, but she had vivid memories of what she'd looked like as she headed to the bathroom at the bar. Her long ponytail and skirt had swayed to their own rhythm with each step.

Nubi and Yi-gyeong were always the last ones standing. As their friends grew drunker and went home one by one, they kept snacking on leftover bar food and talking about life. They lived two subway stops apart, so they sometimes ate noodles at the convenience store together while waiting for the subway to start running again.

"When do we get to meet your girlfriend?" Nubi asked.

"She'll come by some day."

"Isn't she jealous about you hanging out with us?"

"She doesn't do jealous. She's busy with her own life."

"Here, have some more of this," Nubi said, putting some of her ramen noodles into Yi-gyeong's cup.

제 모든 걸 다 보여줬던 것 같아요." 편의점 창으로 보이는 세상이 점점 더 밝아지고 있었다.

"그리고 그 사람도 저에게 그랬죠. 확신할 수는 없지만 다른 사람에게는 절대로 말할 수 없는 부분을, 보이고 싶어하지 않는 부분을 저에게 보여줬어요. 저는 그 사람을 위로했고, 그 사람도 저를 위로했죠. 어떻게 우리가 두 사람일 수 있는지 의아할 때도 있었어요. 네가 아픈 걸 내가 고스란히 느낄 수 있고, 내가 아프면 네가 우는데 어떻게 우리가 다른 사람일 수 있는 거지? 그 착각이 지금의 우리를 이렇게 형편없는 사람들로 만들었는지도 몰라요." 누비는 남의 이야기를 전하듯이 덤덤하게 말을 이어갔다.

"자주 싸우고, 자주 헤어졌죠. 그 사람이 처음 헤어지자고 했을 때가 기억나네요. 두 달 사이에 십 킬로가 빠지고 심장이 너무 빨리 뛰어서 잠도 제대로 자지 못했어요. 그 사람, 두 달 지나고 다시 돌아오더군요. 둘이 붙잡고 후회하고 울었지만, 그 순간일 뿐이었죠. 영화의 속편 같은 거더군요, 헤어지고 다시 만난다는 건. 본편이 아무리 훌륭하고, 그래서 아쉬워도 소용없는 일이잖아요. 결국 모든 게 점점 더 후져지는 거지. 그 속에 있

"Suyi—" Yi-gyeong started, feeling awkward about bringing her up. She'd never discussed Suyi with anyone. "She doesn't often talk about herself. And she's never cried in front of me." Yi-gyeong knew that she and Nubi weren't close enough for this conversation, but she couldn't help herself once the floodgates had opened.

"I don't think it's because Suyi doesn't trust me, but... sometimes I think that's got to be it. Would she have been like this if she'd been with someone else? Wouldn't she have naturally opened up if she'd been with someone more sensitive and mature? I don't know how lonely Suyi is. It hurts to not know anything. I wonder what she's thinking right this minute."

These were thoughts she'd been keeping inside for a long time, yet saying them out loud still felt reckless.

"My ex and I went out for five years," Nubi said. "We met online when I was a senior in high school. I'll tell you a story none of the others know." A tired smile appeared on her face. "You know, it's quite a difficult thing to be with someone for five years. But we met when we were young and it lasted that

는 나 자신도 너무 초라해 보이고." 이야기를 마치고 누비는 활짝 웃어 보였다. 희미한 햇살이 누비의 일굴을 비췄다.

그런 대화를 나눈 지 얼마 되지 않아 이경은 누비의 옛 애인을 만나게 됐다. 모임의 친구가 연출한 연극이 레즈비언 바에서 열리던 날이었다. 연극이 시작되기 전 레즈비언 싱어송라이터가 기타를 치면서 노래했고, 여자 가수들의 뮤직비디오가 한쪽 흰 벽에 상영됐다.

호리호리하고 키가 큰 사람이 입구로 들어왔다. 회색 남방을 입었는데, 윗 단추 두 개 정도를 풀어서 긴 목이 더 부각되어 보였다. 손목에는 은색 시계를 차고 있었다. 그녀는 무표정한 얼굴로 테이블에 가방을 두고 이경 쪽으로 걸어왔다. 시원한 향수 냄새가 났다.

"병맥주 주세요. 아무거나."

이경은 병맥주의 뚜껑을 따서 그녀에게 건넸다.

"아꼬 안녕." 그녀는 이경 옆의 아꼬에게 인사를 하고 구석에 가서 내내 가만히 서 있었다.

"은지잖아. 누비 옛 애인. 누비가 쟤 때문에 많이 울었어. 은지랑 연락 안 한다고 들었는데 여기 왜 왔나 몰라."

long. We shared everything. I don't know about her, but I think I showed her every part of me." The world was getting brighter outside the convenience store window.

"And she did the same with me," Nubi went on. "I can't be certain, but she showed me parts of herself that she would never mention or reveal to anyone. I comforted her, and she comforted me. Sometimes we were astonished by the fact that we were two people. She could feel my pain and I cried when she was hurting, so how was it possible that we were two separate people? That delusion may have turned us into the pathetic people we are now." Nubi continued dryly, as if to relate a story about someone else.

"We fought often and broke up often. I remember the first time she broke up with me. I lost 10 kilograms in two months and couldn't sleep because my heart was beating so fast. She returned after two months. We held each other in regret and cried, but it didn't last. Getting together turned out to be like a movie sequel. It doesn't matter how good the original was or how much you want the

아꼬가 말했다.

누비는 은지 쪽으로는 고개도 돌리지 않고 다른 사람들과 열심히 이야기했다. 은지는 다시 이경 쪽으로 와서 맥주 한 병을 더 달라고 말했다. 맥주를 건네받고 은지는 이경 바로 앞 바에 앉았다.

"누구 기다리는 사람 있어요?" 은지가 물었다.

"그쪽은요?"

"아까부터 입구를 보셔서 물어봤어요."

"애인 기다리고 있었어요."

"그렇군요."

연극은 한 시간 정도 진행됐다. 할머니 레즈비언들의 이야기였는데, 2002년에서 오십 년이 지난 2052년이 배경이었다. 어린 시절부터 오십 년을 만나온 레즈비언 커플이 결혼식을 준비하면서 과거를 회상하는 내용이었다. 역할은 할머니였지만, 주인공을 맡은 두 배우는 모두 이십 대였고, 의상이나 메이크업, 연기 모두 배우 나이에 맞게 했다. 마치 할머니들 속에 그 이십 대 여자들이 그대로 남아 있다는 듯이. 둘은 처음 만났던 해에 찍었던 사진과 영상들을 관객과 함께 봤다.

커플이 하얀 드레스를 입고 손을 잡은 채로 같이 행진

story to continue. Things got more and more taw-
dry, and I became wretched in that relationship."
Nubi grinned at Yi-gyeong when she finished the
story, a pale sunlight illuminating her face.

Not long after their conversation, Yi-gyeong met
Nubi's ex. It was on the day that a friend from their
group was putting on a play at the lesbian bar. A
lesbian singer-songwriter performed before the
show, and music videos of female singers were
projected on a white sidewall.

A tall, slender woman walked in, wearing a gray
button-down shirt with the top two buttons open,
accentuating her long neck. She was also wearing a
silver watch on her wrist. She left her bag at the ta-
ble and approached Yi-gyeong expressionless. She
smelled of an airy perfume.

"I'll have a bottled beer—doesn't matter which."

Yi-gyeong opened a bottle and handed it to her.

"Hey, Ako," she said, then went off alone to a
corner, where she stood without talking to anyone.

"That's Eunji, Nubi's ex.," Ako said. "Nubi cried a
lot because of her. She said she wasn't speaking to

하면서 연극은 끝났다. 서른 명 정도의 관객들은 둘에게 꽃가루를 뿌려주고 오래도록 박수를 쳤다. 디들 코를 훌쩍이면서 배우들에게서 눈을 떼지 못했다. 연극이 끝나고도 몇몇은 바에 남아서 뒤풀이를 했다.

수이는 새벽 한 시가 되어서야 바에 왔다. 이미 어느 정도 사람이 빠져서 이경도 바에 앉아서 쉬고 있었다. 수이는 티셔츠에 무릎까지 오는 반바지를 입고 검은 얼룩이 진 러닝화를 신고 있었다. 평소와 같은 차림이었지만 이경은 수이의 옷차림이 무성의하다고 생각했고, 수이에 대해 그렇게 생각했다는 사실에 놀랐다.

이경의 친구들은 수이를 반갑게 맞았다. 술을 마시지 않는 수이를 위해서 무알코올 칵테일을 만들어줬다. 수이는 칵테일을 조금씩 마시면서 약간 피곤한 표정으로 주변을 둘러봤다. 그런 수이에게 이경의 친구들은 돌아가면서 이런저런 것들을 물어보았다. 수이가 이 공간을 불편해하고 있다는 것을 눈치로 알아차리곤 모두 더 과장해서 쾌활한 척을 하고 있다고 이경은 생각했고 문득 그런 상황이 부끄러워졌다.

"수이 씬 몇 학번이에요?" 아꼬가 물었다.

"저 학생 아니에요." 수이가 답했다.

Eunji anymore. I wonder why she showed up."

Nubi stood with her back to Eunji and tried to appear busy talking to other people. Eunji returned to Yi-gyeong and asked for another beer. When Yi-gyeong handed her a bottle, she sat down at the bar.

"Are you waiting for someone?" Eunji asked.

"Are *you* waiting for someone?" Yi-gyeong retorted.

"I only ask because I noticed you keep looking at the entrance."

"I'm waiting for my girlfriend."

"I see."

The play was about an hour long. Set in 2052, fifty years in the future, the play was about an elderly lesbian couple. After fifty years together, they were finally preparing for their wedding and reminiscing about the decades they'd spent together. The characters were elderly, but were acted by two women in their twenties, and the costumes, makeup, and tone fit the ages of the actors, as if to suggest that women in their twenties were still living inside the elderly characters. They shared the photos and

"맞다. 알고 있었는데 너무 학생처럼 보여서……." 아꼬가 말끝을 흐렸다.

"저 대학 안 갔어요. 머리도 나쁘고 돈도 없고 그래서." 수이는 무표정하게 말했다.

수이답지 않은 말이었다. 수이가 저렇게 비꼬는 투로 말하는 것을 이경은 들어본 적이 없었다. 짧은 순간이었고, 대화 주제가 바뀌어서 다들 웃고 떠들고 했지만 수이는 내내 침묵했고 질문을 받으면 겨우 대답하는 수준으로만 대화에 참여했다. 아무리 피곤하다고 하더라도 친구들 앞에서 그런 식으로 자신에게 무안을 줄 수는 없는 일이라고 이경은 생각했다.

집으로 돌아가는 길에도 수이는 내내 말이 없었다.

"피곤하니." 이경이 물었다.

"……."

"수이야."

"응?"

"아꼬 말에 꼭 그렇게 대답해야 했어?"

"……."

"그냥 웃으면서 넘어갈 수 있는 일 아니야? 무안해하잖아, 다들. 일부러 그런 것도 아닌데."

videos they'd taken the year they'd met.

The play ended when the couple marched down the aisle together, dressed in white. The thirty or so theatergoers showered the couple with flower petals and applauded for a long time. They couldn't take their eyes off the actors as they sniffled. A few stayed for the after party at the bar.

Suyi arrived close to 1 a.m. Most of the people had already left by then, allowing Yi-gyeong to sit at the bar and rest. Suyi was wearing a t-shirt, shorts that came down to her knees, and grease-stained running shoes. It was her usual outfit, but Yi-gyeong felt she was underdressed, and was surprised to find herself thinking so.

Yi-gyeong's friends greeted Suyi warmly, making her a "virgin" cocktail. Suyi sipped the drink and looked around with a slightly weary expression. Yi-gyeong's friends took turns making small talk with her. Yi-gyeong thought her friends were being overly friendly because they'd felt Suyi's discomfort with the space, and felt embarrassed.

"What year are you in?" Ako's question was followed by a long silence.

"……."

"그러면 너도 상처받지 않아?"

"넌 모르잖아."

수이가 작은 목소리로 말했다.

"이경이 넌 모르잖아."

그렇게 말하고 수이는 이경을 보고 웃었다. 그 웃음이
'넌 나보다 훨씬 편하게 왔잖아'라고 힐난하는 표정처럼
느껴졌다.

"네가 네 이야기를 해주지 않는데 내가 어떻게 널 알
수 있겠어." 화가 날수록 목소리는 차분하게 가라앉았
다. "다들 너에게 잘해주려고 했어. 근데 넌 모두를 무안
하게 했지……."

수이는 아무 대답 없이 건너편 길을 응시하고 있었다.

"네가 쟤네를 보는 표정을 봤어. 표정 관리가 안 되더
라 너. 한심하고 이상한 사람들이라는 표정으로."

"난 그냥 그렇게 시끄럽고 사람 많은 곳이 싫었어. 그
래서……."

"이런 게 싫었으면 그냥 싫다고 말하고 안 왔음 됐을
거야."

"여기에 네가 있잖아."

"I'm not a student," said Suyi.

"Oh, I'm sorry. I knew about that... but you just look so much like a student..." Ako trailed off.

"I didn't go to college. I'm not very bright, and I don't have money," said Suyi dryly.

It was uncharacteristic of her. Yi-gyeong had never seen Suyi take such a sarcastic tone. It was a brief moment, and the conversation moved on to other things, people laughing and talking; but Suyi was quiet, managing just terse answers to questions. It didn't matter how tired Suyi was, Yi-gyeong thought—she shouldn't embarrass them like this in front of her friends.

Suyi's silence continued on their way home.

"Are you tired?" Yi-gyeong asked.

Suyi did not answer.

"Suyi."

"Huh?"

"Did you really have to talk to Ako that way?"

Suyi kept quiet.

"You could have laughed it off. You made people feel uncomfortable. It was an honest mistake," Yi-gyeong said. "Doesn't it hurt you, too, when you

"쟤들은 적어도 자기 이야기, 숨기지 않고 해. 힘들면 힘들다고 말하고 싫으면 싫다고 말하고. 넌 아니잖아. 그렇게 못하잖아."

"비교는 하지 마라, 이경아."

수이는 그렇게 말하고 큰길가로 걸어갔다. 잘 가라는 말도 없이, 잘 가겠다는 말도 없이, 뒤도 한 번 돌아보지 않고 빠른 걸음으로 이경으로부터 멀어져갔다. 이경은 문득 이 모든 일들이 지겹고도 피로하게 느껴졌다. 수이는 나 말고는 만나는 친구도 없지. 언젠가부터 같이 운동하던 친구들과도 연락을 하지 않는다고 수이는 말했었다.

그날, 이경이 수이에게 느꼈던 감정은 부끄러움이었다. 초라한 옷차림에 더러운 러닝화, 새로운 사람들과 쉽게 어울리지 못하는 촌스러움, 자기 학력을 부끄러워하는 것 같은 모습까지도 부끄러웠다. 친구들 앞에서 멋진 애인을 보여주지 못한 것 같아 부끄러웠다. 그 부끄러움을 인정하기 싫어서 이경은 수이 탓을 했다. 수이를 다른 사람의 시선으로 판단했다는 사실을 인정하고 싶지 않아서였다.

react that way?"

"You don't understand," Suyi whispered. "Yi-gyeong, you don't know what it's like."

Suyi smiled at Yi-gyeong, who felt as if she was mocking her.

"Everyone was trying to be nice to you. But you made them feel awkward." Yi-gyeong's voice sank lower the more her anger grew. "How am I supposed to understand you when you don't tell me anything?"

Suyi kept her gaze fixed on the street without saying a word.

"I saw the way you looked at them. You couldn't keep a straight face. Like they're stupid, weird people."

"I just don't like being in loud, crowded places, that's all."

"If you didn't want to be there, you could have just said so and not come."

"But you were there."

"They talk about themselves. They don't hold things in. When they're struggling, they say they're struggling. When they don't like something, they

3

그해 겨울, 수이는 보증금 오백만 원을 마련해 이경의 기숙사와 가까운 거리의 원룸으로 이사했다. 직업학교를 졸업하고 견습생으로 카센터에서 일을 시작했고, 시간이 날 때마다 달리기를 했다. "돈이 좋아." 수이가 말하면 "정말 돈이 최고"라고 이경이 동의했다. 보증금 오백만 원은 이경과 수이의 관계를 부드럽고 편안하게 해주었다. 웃풍도 없고, 깨끗한 부엌과 샤워실이 딸린 집에서 이경과 수이는 서울에 올라온 지 일 년 만에 아무 걱정 없이 서로를 안고 잘 수 있었다.

그해 겨울이 얼마나 따뜻하고 충만했는지 이경은 기억한다. 아직도 눈을 감으면 수이의 집이, 가습기가 뿜어내던 하얀 증기가, 김이 서려 뿌연 유리창에 수이가 손으로 찍어놓은 아기 발바닥 무늬의 낙서가 보이는 것 같다.

운동을 관두면서 수이의 얼굴과 몸은 조금씩 변했다. 예전에는 단단하기만 했던 몸이 조금 부드럽고 물렁해졌고, 날카롭던 얼굴선이 둥그스름해졌다. 그런데도 입을 약간 벌리고, 완전히 의식을 잃은 채로 아이처럼 자는 모습은 예전과 똑같았다. 수이는 베개에 머리를 대자

say it. But you don't. You can't."

"Yi-gyeong, do me a favor and don't compare me to them." Suyi headed for the main street. Without saying goodbye or goodnight, she stormed off, without looking back. Suddenly Yi-gyeong was tired of it all. *Suyi never gets together with anyone besides me.* Suyi had told her that, at some point, her friends from her soccer days had stopped contacting her, too.

Yi-gyeong felt ashamed of Suyi that day. Her cheap clothes, dirty running shoes—the bumpkin who can't get along with strangers, ashamed of her own educational background—all of it embarrassed Yi-gyeong. She was ashamed that she wasn't able to show off a wonderful girlfriend. Because she didn't want to admit she was ashamed of her, though, she blamed Suyi. She didn't want to admit that she had judged Suyi from another person's point of view.

3

That winter, Suyi saved up 5 million won for a key deposit and moved to a studio near Yi-gyeong's

마자 잠에 빠지고는 낮게 코를 골았다. 이런 수이의 모습을 아는 건 자기뿐이라는 생각에 이경은 부드러운 기쁨을 느꼈다.

일을 시작하고서부터 수이는 자기 일에 대해서 여러 이야기들을 했다. 자동차 엔진과 부품에 대해 이야기할 때 수이의 눈에는 어느 때보다도 밝은 빛이 돌았다. 수이가 말하는 도중에 이해하기 어려운 단어가 나오면 이경은 놓치지 않고 질문했다.

"토크가 뭐야?"

"회전 힘이야. 한 축을 이용해서 물체를 돌리는 힘. 토크가 강하면 순간적인 힘이 좋다는 거야." 수이는 기다렸다는 듯이 이경의 질문에 답했다.

그해 겨울을 지나면서 이경은 수이가 자신과는 여러 면에서 다른 사람이라는 점을 깨닫게 됐다. 수이는 자동차를 포함한 기계에 매력을 느꼈고, 정리정돈과 청소를 열심히 했으며 외모를 가꾸고 새로운 사람을 만나는 일에는 어떤 관심도 없었다. 반면 이경은 자기 자신에 대해 알아가는 일을 좋아했고, 다른 사람들에 대해서도 관심이 많았다.

이경은 서서히 깨닫게 됐다. 수이가 자신에 대해 별로

dorm. She finished her studies at the vocational school and began her apprenticeship at an auto repair shop, and went running when she had time.

"I like money," Suyi would say.

"Money's the best," Yi-gyeong would agree.

The 5 million-won deposit made their relationship mellow and easy. In their home with a clean kitchen, shower, and no draft, they could fall asleep in each other's embrace without a worry in the world for the first time since they'd moved up to Seoul a year ago.

Yi-gyeong still remembers how warm and fulfilling that winter was. When she closes her eyes, she can still see Suyi's apartment, the white vapor from the humidifier, and the baby-like footprints Suyi made on her foggy window with the blade of her hand.

Suyi's face and body began to change after she gave up soccer. Her firm body became a little softer, and the sharp lines of her face filled in. But the way she slept with her lips parted, dead to the world, like a baby, was unchanged. Suyi fell asleep the second her head hit the pillow, and snored

말하지 않았던 건 수이의 그런 성향 때문이라고. 수이는 '자기 자신'이라는 것에 대해 이경만큼의 생각을 하지 않는지도 몰랐다. 수이는 생각보다 행동이 앞선 사람이었고, 선택의 순간마다 하나의 선택을 하고 그에 따른 책임을 지려고 노력했다. 자신의 선택에 따른 결과에 대해서는 어떤 변명도 하지 않는 것이 수이의 방식이었다. 수이는 자동차 정비 일을 하면서 그것이 자기 인생에 어떤 의미로 작용하는지를 그다지 중요하게 생각하지 않았다. 자신이 선택한 일이니까 최선을 다해 수행할 뿐이었다. 반면 이경은 끊임없이 자신의 행동이 어떤 의미인지 생각하려고 했고, 어떤 선택도 제대로 하지 못해서 전전긍긍했다. 자신이 무엇을 하고 싶은지조차 알지 못했는데, 자신이 어떤 선택을 하더라도 결국 후회가 더 많으리라는 것만은 확신할 수 있었다.

수이가 아닌 다른 사람을 좋아한다는 것을 이경은 상상할 수 없었다. 수이는 이경이 태어나 처음으로 사랑한 사람이었고, 다른 사람에게는 그 비슷한 감정조차 느껴본 적이 없었으니까. 그래서 이경은 은지에 대한 자기 감정을 이해할 수 없었다. 수이를 사랑하면서 어떻게 은

lightly. Yi-gyeong felt a quiet joy in the knowledge that she was the only one who saw this side of Suyi.

Once her apprenticeship began, Suyi had lots to say about her work. Car engines and parts made her light up like nothing else had. When Suyi used a word Yi-gyeong didn't know, she didn't miss the opportunity to ask.

"What's torque?"

"It's the rotating force. Using one axis to turn an object. If the torque is good, it means it has strong moment of force," Suyi answered, as if she'd been waiting for the question.

Over that winter, Yi-gyeong realized they were different in many ways. Suyi was fascinated with cars and machines, liked to keep the house tidy and clean, and was not the least bit interested in cultivating or meeting new friends. Yi-gyeong, on the other hand, liked learning about herself and had a great deal of interest in other people as well.

When faced with a decision, Suyi chose one and tried to deal with the consequences. She never blamed the result of her choices on anyone else. Suyi repaired cars and did not reflect on its signifi-

지에게 심하게 끌릴 수 있는지 알 수 없었고, 뒤죽박죽
이 된 마음으로 자주 울었다.

이경이 은지를 다시 만난 건 스물한 살의 봄이었다.
학교 앞 빵집에서 아르바이트를 시작하고 얼마 되지 않
아서였다. 계산을 마친 은지가 이경에게 물었다.

"누비 친구 맞죠?"

"네?"

"저번 가을에 아꼬랑 누비랑 같이 있지 않았어요?"

은지는 그렇게 말하면서 이경을 빤히 바라봤고, 이경
은 얼떨결에 고개를 끄덕였다. 그제야 혼자 바에 앉아서
맥주를 마시던 은지의 모습이 흐리게 떠올랐지만, 같은
사람이 맞는지 확신할 수는 없었다. 그저 키가 크고 뼈
대가 가는 사람이었다는 것만이 기억날 뿐이었다. 어두
운 곳이었고, 아주 잠깐 본 사이인데도 어떻게 자기 얼
굴을 기억하는지 의아했다.

"기억 못하시는구나." 은지는 애써 웃었다.

"기억나요. 그때 바에 앉아 계셨죠."

이경의 대답을 듣고 은지는 고개를 끄덕였다.

"저 여기 바로 앞에서 일해요. 저 병원에서."

"저도 여기 대학 다녀요."

cance in her life. She did her best because it was the work she chose. Yi-gyeong constantly reflected on the meaning of her actions, and tormented herself with her inability to make decisions. She didn't know what she wanted to do with her life, and suspected that whatever choice she made would yield more regrets than gains.

But Yi-gyeong could not imagine being attracted to anyone other than Suyi. Suyi was the first person she'd ever loved, and she'd never felt anything like it with anyone else. So Yi-gyeong could not understand her feelings for Eunji. She couldn't understand how she could be seriously drawn to her, when she loved Suyi, and the confusion often left her in tears.

Yi-gyeong saw Eunji again in the spring of her twenty-first year. It wasn't long after she'd started working at a bakery near her school. Eunji paid for a pastry and asked Yi-gyeong, "You're Nubi's friend."

"Pardon me?"

"Didn't you work with Ako and Nubi last fall?" Eunji asked, staring straight at Yi-gyeong.

"그건 저도 알아요. 몇 번 봤어요."

마주보고 서 있는 것이 어지러울 정도로 아름다운 사람이라고 이경은 생각했다. 매끄러운 피부에, 짙은 눈썹은 깨끗하게 정리되어 있었다. 작은 속쌍꺼풀이 있는 눈은 조금 위로 올라가 있었는데, 아주 예민하고 신경질적인 사람이라는 느낌을 줬다.

"손이 왜 이래요?"

이경은 흉한 모습을 들켰다는 부끄러움에 손을 주머니에 넣었다. 그전 아르바이트를 할 때, 달궈진 돌솥에 덴 자국이었다.

"보여줘봐요, 손."

이경은 손을 꺼내 보여줬다.

"어디에 뎄구나. 물집이 터져서…… 소독이라도 좀 했어요?"

은지는 가방에서 주머니 하나를 꺼냈다. 알코올에 젖은 솜으로 상처 부위를 소독하고, 연고를 바르고, 반창고를 붙였다.

이경이 은지에게 끌리기 시작한 순간은 그렇게 짧았다.

빵집의 통 유리창으로는 대학 병원 입구가 보였다. 이

Yi-gyeong nodded reflexively. Only then did a faint memory come back of Eunji drinking beer alone at the bar, but she still wasn't sure if it was the same person. All she remembered was that she'd been tall and thin-boned. It'd been dark in the bar, and they'd seen each other just briefly. Yi-gyeong was surprised Eunji remembered her.

"You don't remember," Eunji forced a smile.

"I do. You were sitting at the bar."

Eunji nodded in response. "I work around here. At that hospital."

"I go to school here."

"I know. I've seen you around."

Eunji was so beautiful that Yi-gyeong felt dizzy looking at her. Her skin was smooth and her dark eyebrows were neatly trimmed. She had short eyelashes and her eyelids curled up, giving the impression of a highly sensitive and bad-tempered person.

"What happened to your hand?"

Yi-gyeong stuffed her hand in a pocket. She'd burned it on a pot when she was waitressing at a restaurant.

경은 네 시부터 아홉 시까지 그곳에서 일했고, 은지는 거의 매일 빵집에 들렀다. 흰 셔츠에 청바지, 흰 운동화를 신은 모습이 그림 같았다. 끈이 긴 크로스백을 옆으로 매고 진열대를 골똘히 바라보는 은지를 이경은 가만히 바라봤다. 자신의 시선을 그녀가 눈치챌지 모른다는 것을 알면서도 눈을 떼지 못했다.

"어디 살아요?" 계산대에 선 은지가 물었다.

"충무로요."

"통학은 안 힘들어요?"

"버스 한 번이면 와요."

"그렇구나."

은지는 무슨 말을 하려다 말고 창가 테이블로 갔다. 여섯 시. 마지막 햇볕이 창으로 쏟아져 내려오는 시간이었다. 그곳에 앉아서 그녀는 천천히 빵을 먹었다. 카운터에서 계산을 하고, 포장을 하면서도 이경은 그녀에게서 눈을 뗄 수 없었다. 그녀는 비스듬하게 앉아 바깥을 바라보고 있었다. 빵을 반쯤 먹고는 쟁반에 내려놓고 가만히 밖을 쳐다보다 다시 빵을 집어 천천히 먹었다. 다리를 창가 쪽으로 꼬고 이경 쪽으로 등을 돌린 채여서 얼굴을 제대로 볼 수 없었지만, 그런 이유로 이경은 은

"Let me see."

Yi-gyeong presented her hand.

"You burned it. The blister burst. Did you disinfect it?"

Eunji pulled a pouch from her bag. She put an alcohol-soaked cotton ball on the burn, and ointment, and then covered it with a Band-Aid.

With this brief encounter, Yi-gyeong's attraction for Eunji began.

The floor-to-ceiling window of the bakery faced the entrance of the university hospital. Yi-gyeong worked there from 4 to 9 p.m., and Eunji stopped by almost every day. She was an apparition in white shirt, jeans, and white lace-ups. Yi-gyeong watched her look deep in thought, her bag with long strap hanging off one shoulder, as she contemplated the pastry on display. She knew Eunji might be able to feel her eyes on her, but couldn't look away.

"Where do you live?" Eunji asked, standing at the counter.

"Chungmuro."

"Isn't it hard to commute?"

지를 위험 없이 바라볼 수 있었다.

"또 봐요."

쟁반을 카운터 위에 올려놓으면서 은지는 늘 그렇게 말했다. 또 봐요. 그녀가 밖으로 나가면 그녀를 볼 수 있었다는 행복감과 그만큼 더 커진 그리움에 마음이 얼얼했다. 가끔 은지가 오지 않는 날이면 시간은 더디게 갔고, 작은 일에도 쉽게 침울해졌다.

이경은 그날도 그런 날인 줄 알았다. 퇴근을 하려고 정리하고 있는데 은지가 빵집 안으로 들어섰다.

"저녁은 먹었어요?" 은지가 물었다.

이경은 고개를 저었다.

"그럼 같이 먹어요." 그렇게 말하고 은지는 밖으로 나갔다. 빵집 밖에서 자기 쪽을 보고 있는 은지의 모습이 이경은 낯설었다. 이경은 그녀에게서 한참을 떨어져서 걸었다. 오랜만에 걸어보는 사람처럼 자기 걸음걸이가 어색하게 느껴졌다.

"빵 많이 좋아하시나봐요."

이경의 말에 그녀는 대답 없이 웃기만 했다.

"공짜 빵 받으면 드릴게요."

그녀는 잠시 웃다가 "그런 거 있으면 이경 씨 애인 줘

"There's a bus from here to there."

"I see."

Eunji was about to say something, but changed her mind and sat at a table by the window. It was six o'clock, when the last daylight poured in through the window. Eunji sat and ate her bread slowly. Yi-gyeong continued to ring up and bag purchases at the counter, still unable to look away for long. Eunji leaned to one side, looking out the window. She finished half her bread, put it down, looked out the window, picked up the other half, and started eating again. Yi-gyeong couldn't see her face properly because she was sitting with legs crossed and back to Yi-gyeong, but that also allowed Yi-gyeong to watch Eunji without being caught.

"See you around," Eunji always said when she returned the tray to the counter. *See you around.* When Eunji left, Yi-gyeong's heart throbbed with the happiness of having seen her again, and a longing that matched the degree of happiness. When Eunji didn't show up, time went by slowly, and trivial things depressed Yi-gyeong.

Yi-gyeong thought Eunji wasn't coming that day,

요"라고 말했다.

은지와 이경은 샤브샤브 집에 갔다. 맑은 육수에 깨끗한 야채와 고기를 익혀 먹으니 속이 든든하고 개운했다. 값싼 백반집의 자극적인 순두부나 제육볶음과는 전혀 다른 맛이었다.

"그때 그 연극 어떻게 봤어요?" 은지가 물었다.

"오십 년 뒤에는 여자끼리도 결혼할 수 있을까…….너무 늦은 건 아닌가 싶기도 하고. 다른 곳도 아닌 한국에서 그런 일이 일어날까 싶고……."

"전 그게 좋았어요. 주인공 둘이 작은 추억들을 나누는 장면이. 너무 이상주의적인 이야기라고 비판할 수도 있겠지만. 그 시간을 같이 견뎠다는 게……."

그런 말을 하면서 비스듬히 테이블 구석을 바라보는 은지의 모습을 보면서 이경은 문득 아득해졌다.

누가 먼저 그러자고 말한 것도 아닌데 그들은 목적지도 없이 종로 거리를 걸어갔다. 시간이 있는지 없는지도 묻지 않았고, 지금이 몇 시인지도 묻지 않았다. 사람이 많은 구간을 지날 때는 팔이 부딪치기도 했다. 그렇게 무작정 길을 걷다보니 세종로 청경기념비각이 나왔다.

"손은 다 나았어요? 흉은 안 졌고?"

and was getting ready to punch out, when Eunji came in.

"Have you had dinner?" Eunji asked.

Yi-gyeong shook her head.

"Let's grab a bite," said Eunji and headed outside. Yi-gyeong became unsettled by the sight of Eunji standing outside the bakery looking at her. Following Eunji outside, she walked quite a bit behind her. Her own gait felt awkward, as if she hadn't walked in a long time.

"You must like bread," Yi-gyeong offered.

Eunji smiled.

"If I get any free bread, I'll pass them on to you," said Yi-gyeong.

Eunji smiled, and said, "If you get free bread, you should bring it back to your girlfriend."

Eunji and Yi-gyeong entered a shabu-shabu restaurant and ordered fresh vegetables and meat cooked in clear broth. It made a hearty and warm meal—and a taste completely different from the spice-loaded tofu hotpot or pork stir fry at cheaper places.

"How did you like that play that day?" asked Eunji.

이경은 오른손을 그녀 앞으로 뻗었다.

"선생님 덕분에 다 나았죠."

"내가 왜 선생님이에요."

"그럼 뭐라고 불러요."

"이름 부르면 되잖아요."

그렇게 말하고 은지는 이경을 부드러운 표정으로 바라봤다. 웃지 않고 있을 때는 예민하고 날카로워 보이던 눈에 장난기가 어려 있었다. 이경은 망설이다 입을 열었다.

"은지, 씨."

"좋네요. 그렇게 부르니까."

"은지 씨."

은지는 가만히 서서 이경을 바라봤다. 더 이상 차갑지 않은 바람이 불었다. 바람에 은지의 짧은 머리칼이 이리저리 날리고 있었다. 당신도 알고 나도 알고 있어. 이경은 생각했다. 걷는 것 말고는 하는 일도 없지만 그저 같이 있어서 좋다는 것을, 어딜 가고 싶어서가 아니라 그저 헤어지기 싫어서 이러고 있다는 것을. 이경은 은지가 자신의 마음을 읽어내리라는 사실을 알았다. 이토록 서로에 대해 아무것도 모르면서 말하지 않고서도 순간의

"I wondered if women would be really able to marry each other in fifty years, and then thought maybe fifty years from now would be too late. And I doubted it would be possible in Korea," Yi-gyeong answered.

"I liked the scenes where the characters shared little personal memories," said Eunji. "Some might say it was too idealistic, but they endured so many years together—that's something."

Yi-gyeong watched Eunji's eyes stray to a corner of the table and felt her heart sink.

After dinner, they wandered in the direction of Jongno. Neither asked if the other had plans, or what time it was.

"How's your hand? Did it scar?"

Yi-gyeong extended her right hand.

"Thanks to you, Miss."

"Did you just call me 'Miss?'"

"What else would I call you?"

"You can call me by my first name," said Eunji, and looked warmly at Yi-gyeong. The sensitive, prickly look in her eyes when she wasn't smiling was replaced by a hint of mischief.

감정을 이해할 수 있다는 사실도. 둘은 마주서서 서로의 눈을 가만히 바라보고 있었다.

"자꾸 생각이 났어요."

이경이 말했다. 은지는 골똘한 표정으로 이경을 보고 있었다. 당신, 이라는 목적어 없는 문장이었지만 그녀는 그에 대해 묻지 않았다. 마치 이경의 마음을 다 알고 있다는 듯이, 아니, 아무것도 모른다는 듯이.

당신은 어떻게 이렇게 생겼을까. 이경은 생각했다. 얇은 피부, 가느다란 머리카락, 마른 입술을 달싹거리는 모습이 아름다웠다. 약간 안쪽으로 몰린 왼쪽 눈동자와 웃지 않아도 위로 올라간 입꼬리와 작은 턱. 이런 얼굴을 본 적이 없어. 그 얼굴이 차가울지, 따뜻할지 손을 뻗어 만져보고 싶었다.

그날 이후 이경은 얕은 잠을 겨우 이어 자면서 온갖 꿈들을 꿨다. 얼굴에 커다란 뾰루지가 났고 계단을 올라가다 이유 없이 몇 번 엎어졌다. 다른 사람의 말을 집중해서 들을 수가 없었다. 은지의 웃는 얼굴이, 자기 얼굴을 똑바로 쳐다보고 또박또박 말하는 모습이 눈앞에서 떠나지 않았다. 아무리 물을 마셔도 입이 말랐고 밥맛이

After some hesitation, Yi-gyeong said, "Eunji."

"That's nice. Nice to hear you say it."

"Eunji."

Eunji stood still and looked at Yi-gyeong. There was no chill to the wind anymore. Eunji's short hair was tousled. *You know it and I know it*, thought Yi-gyeong. *All we're doing is walking without a destination, but we're walking because we like being with each other. We're not heading anywhere—we just don't want to go our separate ways.* Yi-gyeong knew Eunji would see right through her. She also knew it was possible to communicate the sentiment of a moment without saying a word, even if two people didn't know anything about each other. They stood facing one another, looking into each other's eyes.

"My mind kept wandering," said Yi-gyeong. Eunji gazed at Yi-gyeong thoughtfully. "To you" was omitted in that statement, but Eunji didn't follow up —as if she already understood Yi-gyeong completely, or perhaps to say she knew nothing.

How could you look like this, Yi-gyeong wondered. Thin skin, thin hair, the way she pressed her lips together: she was beautiful. Her left pupil drifting

없었다. 이러려다 말겠지, 싶었지만 시간이 지날수록 모든 정신이 그녀를 다시 만나고 싶다는 요구에 집중되었다. 보고 싶어 몸이 아팠다. 혹시나 문자나 전화가 올까 싶어서 핸드폰을 손에 꼭 쥐고 잤다.

은지와 자주 만났던 것은 아니었다. 넉 달 동안 둘은 고작 여섯 번을 만났다. 그런데도 그 여섯 번의 데이트는 십삼 년이 지난 지금까지도 이경에게 분명한 인상으로 남아 있다.

은지는 별로 망설이지도 않고 자기 이야기를 털어놓았다. 자긴 딸만 넷인 집의 셋째 딸이라는 것, 부모로부터 진심 어린 사랑을 받아보지 못했다는 것, 그래서 자기도 자신을 어떻게 좋아해야 하는지 몰라 아직도 힘들다는 말을 은지는 점심으로 무얼 먹었는지 말하듯 대수롭지 않게 했다.

"이런 얘기 아무한테나 막 하고 다녀요?" 이경이 묻자 은지는 눈을 내리깔고 웃었다.

"나도 사람 봐가면서 말해요. 그리고 이경 씨는 아무나가 아니니까."

은지는 가족이 다 모인 자리에서 동생에게 아웃팅을 당해 아빠와 삼촌들에게 몰매 맞은 이야기도 아무렇지

slightly toward the center, her mouth curled up even when she wasn't smiling. Small chin. *I've never seen a face like this before*. Was her face cold or warm? She wanted to stretch out her hand and touch it.

From that day on, Yi-gyeong was troubled with dreams at night, a big blemish blossomed on her face, and she fell down several times while climbing stairs. She couldn't focus on what other people were saying. Yi-gyeong could not stop seeing Eunji's smiling face and the way she looked straight at her and enunciated her words. Her mouth felt dry in spite of all the water she drank, and she lost her appetite. She thought it would pass, but instead her mind focused ever harder on her desire to see Eunji again. She missed her so much it hurt. She slept with her phone in her hand, hoping Eunji would text or call.

Yi-gyeong hadn't seen her often. In four months, they'd met just six times. But those six "dates" left a lasting impression that persisted in her memory many years later.

않게 했다. 머리카락이 뭉텅이로 뽑히고 이마가 찢어져 꿰매야 했다는 이야기였다.

"단 한 명이 필요했어요. 단 한 명. 내 편을 들어줄 단 한 사람. 때리지 말라고 말해줄 사람. 그런데 모두 다 구경하는 거죠. 남자 어른들의 일이니까 끼어들 수 없단 듯이." 은지는 자기 머리칼을 장난스레 헝클어뜨렸다. "괜찮아요. 이제 보지 않고 사니까. 지금이 중요한 거 아니에요? 보고 싶은 사람만 보고 살아도 짧은 인생인데." 은지는 그 말을 하고 이경을 빤히 쳐다봤다.

은지는 한참 동안 이경을 찾아오지 않았다. 같이 밥 먹을 사람이 없어서 빵집을 찾아오고, 심심하니까 함께 걸었을 뿐인데 나 혼자 애가 타고 입이 말랐구나. 당신은 내게 마음이 없지, 하고 이경이 생각하는 날이면 그녀는 다시 찾아왔다. 자기가 무슨 짓을 하고 있는지 조금도 알지 못한다는 태연한 얼굴로. 이경이 얼마나 엉망이 된 마음으로 그녀와 함께 밥을 먹고 길을 걷는지 그녀는 짐작도 못 하는 것처럼 보였다. 시간이 흐르고, 그녀에 대한 마음이 커질수록 이경의 속은 점점 더 어두워졌다. 창가에 앉아 천천히 빵을 먹는 은지를 보는 것조차도 고통스러웠다.

Eunji had opened up about herself without much hesitation: the third of four girls, she hadn't received genuine love from her parents, and it was still hard for her to figure out how to love herself. She related all this to Yi-gyeong with the detachment of someone reading a menu.

"Do you go around telling this to everyone?" Yi-gyeong asked. Eunji lowered her gaze and laughed.

"No, I pick and choose. You're not just anyone."

Eunji talked about the time she was outed by her younger sister at a family gathering and then was beaten by her father and uncles. She said it like it was nothing. They'd ripped out a chunk of her hair and she needed stitches on her forehead.

"One person was all I needed. Just one. Just one to stick up for me. To tell them to stop hitting me. But they all sat around and watched. As if they couldn't intervene in the business of the family men." Eunji playfully ruffled her own hair. "It's okay. I don't have to see them anymore. Isn't the present more important? We only get so much time in life —might as well spend it with the ones you want to." Then Eunji stared blankly at Yi-gyeong.

수이는 은지의 존재를 이경에게 들어 알고 있었다.

"아꼬 친구 있잖아. 그 병원 간호산데, 혼자 밥 먹기가 싫은가봐."

이경이 말하면 수이는 그저 고개를 끄덕였다. 이경은 수이에게 어떤 행동도 숨기지 않았다. 이경의 말 그대로 이경과 은지는 가끔씩 저녁을 같이 먹고 일상적인 대화를 하고 종로 일대를 걸었을 뿐이니까. 단지 이경의 마음만은 그런 행동이 수이를 배신하는 것임을 잘 알고 있었다. 아무것도 속이지 않았지만 사실 모든 것을 속인 것과 마찬가지라고. 이경은 은지를 만나지 않기로 마음먹었다.

이경은 학교에서 조금 떨어진 곳에 있는 피자집으로 아르바이트를 옮겼다. 수이에게는 빵집에 이상한 손님들이 많이 들어서 피곤하다는 거짓말을 한 후였다.

아르바이트를 관두기 전날, 이경은 은지와 같이 저녁을 먹고 인사동 골목길을 걸어다녔다. 같은 골목을 몇 번 왕복하다가 이경이 말했다.

"저는 운이 좋은 편이었던 것 같아요. 아무 시행착오 없이 수이를 만났으니까."

"그래요."

Eunji would suddenly stop coming by the bakery for a long time. *She came to the bakery because she had no one to eat with, and had dinner and went for a walk with me to kill time, and I read into things like an idiot. I alone was dying inside and getting parched.* And on the day Yi-gyeong would finally say to herself: *You don't care about me*, Eunji would turn up, with a nonchalance that seemed to deny any awareness of what she was doing. Time passed, Yi-gyeong's desire for Eunji grew, and Yi-gyeong grew darker inside. It was too painful to even watch Eunji sit by the window and slowly eat bread.

Yi-gyeong told Suyi about Eunji.

"Ako's friend—you know. She's a nurse at the hospital. I guess she doesn't want to eat lunch by herself," Yi-gyeong would say and Suyi would nod.

Yi-gyeong didn't hide the facts from Suyi. She related how sometimes they had dinner together, and they talked about nothing special, and walked around Jongno together. But Yi-gyeong knew that she was betraying Suyi. She wasn't hiding anything from her, but it was as good as hiding everything.

"자기가 좋아하는 사람이 자기를 좋아해주는 경우는 별로 없잖아요. 그렇게 서로를 알아보고 사랑할 수 있다는 게 지금 생각해보면 정말 운이 좋았다고밖에는……."

"그래요. 좋아 보여요, 이경 씨." 은지가 말했다. 웃고 있었지만 약간의 화가 묻은 말투였다. 자기를 바라보며 웃는 은지의 아름다운 얼굴을 이경은 똑바로 쳐다볼 수 없었다.

"그럼 저는 먼저 가볼게요." 이경은 그렇게 말하고 뒤도 한 번 돌아보지 않은 채로 큰길로 걸어갔다. 안국역까지 같이 가기로 했지만, 그곳에서는 아무렇지 않은 얼굴로 헤어질 수 없을 것 같았다. 이렇게 미리 사라지는 편이 낫다고 생각했다.

그날 밤, 이경은 잠들지 못하고 수이 곁에 누워 있었다.

"빵집에서 얼마나 일한 거지?"

"이번 학기 내내 했으니까 넉 달 됐지."

"그 일이 확실히 고생이었나봐. 너 그동안 살이 너무 많이 빠졌어."

"맞아."

She decided to stop meeting Eunji.

She found a new part-time job at a pizza joint further away from school. She lied to Suyi, saying the bakery was frequented by customers who gave her a hard time.

The day before she quit, Yi-gyeong and Eunji had dinner and wandered around Insa-dong. Walking up and down the same street a few times, Yi-gyeong said, "I think I got lucky. I met Suyi without going through any trials and errors."

"Yeah?"

"It's not every day someone you like likes you back. When I look back on it now, I can only think how lucky we were to notice each other and fall in love."

"Yes, I'm happy for you, Yi-gyeong," Eunji said. She was smiling, but there was also a bitter tone in her voice. And Yi-gyeong could not look squarely at her beautiful, smiling face.

"I have to get going," said Yi-gyeong and crossed the street without looking back. They had planned to walk to Anguk Station together, but Yi-gyeong didn't think they'd be able to say goodbye there

이경은 그렇게 대답하고 베개에 얼굴을 묻었다. 울음이 치받쳐서 목울대가 뻐근해졌다.

"너 우니 이경아."

"아니."

"그런 것 같은데."

자신을 걱정해주는 수이를 마음으로 배신했다는 사실과 이제 더 이상 은지를 볼 수 없다는 사실이 하나로 뒤섞여서 이경은 참았던 눈물을 터뜨렸다. 수이는 아무 말 없이 이경의 등을 쓰다듬었다.

"수이야."

"응."

"난 욕심꾸러기들이 싫었다."

"알아."

"막 욕심내고 그런 사람들 있잖아. 만족을 모르고."

"그래."

"수이 넌 나를 사랑하지."

"그럼."

"수이 네가 없는 곳에 행복은 없어."

그 말을 하기 전까지 이경은 수이가 없는 곳에 행복은 없다고 진심으로 믿었었다. 하지만 막상 그 생각을 말로

without a scene. It was better to disappear like this.

That night, Yi-gyeong lay awake next to Suyi.

"How long did you work at the bakery?"

"All this semester, so four months?"

"It must have really taken a toll. You've lost so much weight since then."

"I know," Yi-gyeong answered and buried her face in the pillow. Tears sprung up and choked her.

"Yi-gyeong, are you crying?"

"No."

"I think you are."

Yi-gyeong unleashed the tears she'd been holding back, the guilt of having betrayed Suyi in her heart and the sadness that she wouldn't be seeing Eunji again. It all washed over her. Suyi stroked her back without saying anything.

"Suyi."

"Hmm?"

"I don't like selfish people."

"I know."

"People who are greedy. Who don't know how to be content with what they have."

표현하고 나니 그 말이 껍데기만 번지르르한 거짓처럼 느껴졌다.

작은 소리로 코를 골며 자고 있는 수이 옆에서 이경은 잠들지 못하고 누워 있었다.

수이를 만나기 전, 세상이 얼마나 삭막하고 외로운 곳이었는지 이경은 기억했다. 자기를 좋아해주는 사람도 없었고, 무리를 이뤄 다니는 아이들과 좀체 어울릴 수 없었던 기억을. 아무리 아이들을 따라 하려고, 비슷해지려고 노력해도 그렇게 되지 않았고, 자기 자신이라는 존재를 애써 바꿔보려 했지만 불가능했으며 그렇다고 바뀌지 않는 자신을 사랑할 수 있는 것도 아니었다.

수이와의 연애는 삶의 일부가 아니었다. 수이는 애인이었지만 가장 친한 친구였고, 가족이었고, 함께 있을 때 가장 편하게 숨 쉴 수 있는 사람이었다. 수이와 헤어진다면 그 상황을 가장 완전하게 위로해줄 수 있는 유일한 사람은 수이일 것이었다. 그 가정은 모순적이지만 가장 진실에 가까웠다. 그런 수이에 비하면 은지는 얼마나 가볍게 잊을 수 있는 사람인가. 그녀의 아름다운 얼굴과 부드러운 말투는 얼마나 쉽게 지울 수 있는 허상에 가까운가.

"I know."

"You love me, Suyi?"

"Of course."

"There is no happiness without you, Suyi."

Until she said the words, Yi-gyeong had genu-
inely believed this to be true. But now that the
thought was out, she knew they were empty words
in a shiny shell.

Yi-gyeong lay awake that night next to Suyi, who
snored lightly.

Yi-gyeong remembered what a lonely, desolate
place the world had been before she'd met Suyi.
She remembered that no one had liked her, and
that she couldn't seem to get into any of the
cliques at school. She tried hard to be like every-
one else, but just couldn't do it. She tried to change
herself, but it was impossible, and she couldn't love
her unchangeable self either.

Her relationship with Suyi wasn't just a part of her
life. Suyi was her girlfriend but also her best friend,
her family, the one person she could breathe easily
around. If she broke up with Suyi, Suyi would be
the only person who could help her through it.

혹시나 연락이 올까 싶어 겁이 났지만 은지에게서는 아무런 연락도 없었다. 마음을 독하게 먹었으면서도 은지를 마음에서 몰아내는 일은 어려웠다. 한순간만이라도 얼굴을 볼 수 있으면 좋겠다는 생각에 병원 쪽으로 가는 발걸음을 막는 일도, 은지에게 문자를 보내고 전화를 하고 싶은 마음을 참는 것도 힘들었다.

그리고 은지는 이경을 찾아왔다.

은지는 이경의 집으로 가는 길목, 대한극장 앞 벤치에 앉아 있었다. 은지는 이경을 발견하고 자리에서 일어나 이경 쪽으로 걸어왔다. 이경은 골목길로 발걸음을 돌렸다. 백 미터 달리기를 했을 때처럼 심장이 빠르게 뛰면서 귀에서 쿵쿵대는 소리가 울렸다. 이경은 상가 건물로 숨어 들어가서 이 층 계단에 앉았다.

'이경 씨는 나를 봤어요. 난 이경 씨가 인사도 하기 싫을 정도의 사람이 된 거죠.'

은지의 문자였다. 이경은 그 문자가 은지의 일부라도 되는 것처럼 핸드폰 액정을 가만가만 만져봤다. 한 달 만에 은지의 얼굴을 볼 수 있었다. 그 한 달이 얼마나 길고 괴로운 시간이었는지를 이경은 은지의 얼굴을 마주친 순간 이해했다.

This paradoxical reality was closest to the truth. Compared to Suyi, Eunji was so easy to forget. Her beautiful face and soft voice were a delusion that could be swiftly erased.

Yi-gyeong was afraid Eunji might contact her, but she didn't. She was determined to do so, but it was still hard to push Eunji out of her heart. She did everything in her power not to walk in the direction of the hospital, hoping she'd get to see Eunji's face for a split second, and it was hard not to text or call her.

Then Eunji came to see Yi-gyeong.

Eunji was sitting on a bench in front of Daehan Theater, on Yi-gyeong's way home. Eunji spotted Yi-gyeong and came toward her. Yi-gyeong ducked into an alley. Her heart raced, like when she'd run a 100-meter dash, and she heard a loud ringing in her ears. Yi-gyeong ran into a commercial building and sat inside on some steps.

You saw me. I've become someone you don't even want to say hello to.

Eunji's text message came. Yi-gyeong touched

'놀랐다면 미안해요. 이러려고 온 건 아니었어요.'

얼마 지나지 않아 은지는 다시 문자를 보냈다.

'보고 싶었어요.'

이경은 아직도 이 문자를 받았을 때 느꼈던 캄캄한 기쁨을 기억하고 있다. 당신은 나보다 더 못 견딜 정도였는지도 모른다고, 나 혼자만의 고통은 아니었다고. 그렇게 이경은 은지의 고통을 감각하고 행복할 수 있었고, 그것만으로도 충분할지 모른다고 생각했다. 이경은 그 자리에서 은지의 문자를 다 삭제해버린 뒤 어떤 답도 보내지 않았다. 이미 은지의 번호는 지워버린 상황이었지만, 머릿속에서까지 지울 수는 없었다.

얼마나 그곳에서 그렇게 있었을까. 상가에서 나와 집에 가는 길에 이경은 건물 유리창에 비친 자신의 모습을 봤다. 해골처럼 마른 얼굴에 막대기 같은 다리, 쪼글쪼글한 무릎. 마음 같아서는 은지에게 전화를 걸고 싶었다. 한 번만이라도 은지를 안아보고 싶었다. 그렇게 한 번만이라도 은지를 몸으로 감각한다면 여한이 없으리라는 생각이 발작처럼 들었고, 그 생각에 잠식당할 것 같은 두려움에 수이에게 전화를 했다. 수이가 아무것도 눈치채지 못하리라고 믿으면서.

the screen as if the message was a part of Eunji. She'd seen Eunji's face for the first time in a month. Only when she saw it did she fully realize how interminable the past month had been.

I'm sorry if I startled you. I didn't mean for this to happen.

Eunji texted again a while later.

I missed you...

To this day, Yi-gyeong remembers the dark happiness she felt when she got Eunji's messages. She did not know until then that such a happiness existed. *Perhaps this was more unbearable for you. I wasn't suffering alone.* Yi-gyeong was able to feel Eunji's pain and delight in it, and thought to herself that this was perhaps enough. Yi-gyeong deleted all of Eunji's message and did not send her a response. She'd already deleted Eunji's phone number, but she couldn't delete what was committed to her memory.

She sat on the steps for who know how long. On her way home, she saw her reflection in a display window. Her face looked as emaciated as a skull, her legs as skinny as sticks, and her skin sagged

그다음 날부터 이경은 고열에 시달렸다. 침을 삼키기 어려울 정도로 목이 붓고 가만히 누워 있으면 바닥이 한쪽으로 기울어져서 몸이 아래로 굴러떨어질 것 같았다. 겨우 잠이 들면 괴이한 이미지들이 눈앞에 떨어지는 꿈을 꿨다. 병원에 가서 주사를 맞고 약을 타왔지만 증세는 나아지지 않았고, 밤이 되면 누군가가 자기 머리를 발로 걷어차는 것 같은 두통이 찾아왔다. 죽조차 제대로 먹을 수 없는 지경이 되어서야 이경은 수이의 부축을 받아서 병원에 입원했다. 눈을 뜨면 자기를 보고 있는 수이의 얼굴이 보였다가, 다시 눈을 뜨면 밤이었다. 보조 침대에 누워 자는 수이의 모습을 이경은 가만히 바라봤다.

"정신 좀 들어?" 수이가 물었다.

"이리 와." 이경의 말에 수이는 병상 위로 올라와 그 옆에 누웠다.

"볼살이 다 빠졌네." 수이는 손가락으로 이경의 얼굴을 조심스레 쓰다듬었다.

"더 못생겨졌지."

"그러네."

수이는 그렇게 말하면서 이경의 코를 검지로 꾹 눌렀

around her knees. She wanted to call Eunji. She wanted to hold her just once. The thought that she would want for nothing if she could feel Eunji with her body overpowered her like a seizure. She called Suyi, fearing that she might succumb to this impulse. She believed Suyi wouldn't pick up on anything.

Yi-gyeong's fever began the next day. She felt as though the floor was shifting to one side and she would to roll off. Her throat was so sore she couldn't swallow, and she dreamt of grotesque images falling before her eyes. She went to the hospital for a shot and a prescription, but the symptoms did not alleviate, and her nightly headaches felt like someone was kicking her head. When she couldn't even eat gruel, Suyi had her admitted to the hospital. When she opened her eyes, she saw Suyi's face. When she opened her eyes again, it was night. Yi-gyeong watched Suyi asleep on the cot.

"You're awake," Suyi said.

"Come here." Suyi lay down next to Yi-gyeong on the bed.

다. 둘은 서로를 바라보고 있었다. 서로의 눈을 통해 신기한 세상을 바라볼 수 있다는 듯이, 골똘히 서로의 얼굴을 마주봤다.

"말 안 해도 돼. 너 목 다 부었잖아."

수이의 말에 이경은 고개를 끄덕였다.

"너 꼬박 열두 시간 잤어. 수액을 그렇게 맞아도 화장실 한 번을 안 가고. 탈수가 있었나봐. 영양 상태도 좋지 않다고 의사가 혼냈어. 너랑 같이 사는 언니라고 했거든. 내가 네 동생처럼 보이진 않잖아?"

이경은 웃으며 고개를 끄덕였다. 얼마나 시간이 지났을까. 수이가 입을 열었다.

"날 용서해줄래."

수이는 그렇게 말하고 입술을 깨물었다.

"내가 널 힘들게 했다면. 그게 뭐였든 너에게 상처를 주고 널 괴롭게 했다면."

이경은 고개를 저었다. 그때 이경은 수이의 오해에 마음이 아팠다. 네가 아닌 다른 사람에 대한 갈망 때문에 이렇게 되어버린 것인데. 용서를 구해야 하는 쪽은 네가 아니라 나라고.

시간이 지나고 나서야 이경은 수이의 그 말이 단순한

"Your chubby cheek's all gone," said Suyi, gently stroking Yi-gyeong's face.

"I'm uglier now."

"Definitely," said Suyi, pressing Yi-gyeong's nose with her index finger. They looked at each other. As if they could see a wondrous world through each other's eyes, they gazed at each other's faces.

"You don't have to talk. Your throat's sore."

Yi-gyeong nodded.

"You slept for twelve hours. They pumped you full of saline solution, and you didn't go to the bathroom once. You must have been dehydrated. The doctor scolded me for letting you get so un-dernourished. I had told her I was an older friend who lives with you. Because I look more mature than you, huh?"

Yi-gyeong smiled and nodded. A while later, Suyi spoke again.

"Please forgive me." Suyi bit her lips. "If I made you hurt, whatever it was I did, if it scarred you and upset you—I'm sorry."

Yi-gyeong shook her head. Yi-gyeong's heart ached. Suyi was blaming herself. *I'm sick because of*

오해에서 비롯한 것만은 아니었으리라고 짐작했다. 수이는 이미 그때 이 연애의 끝을 보고 있었는지도 모른다. 무너지기 직전의 연애, 겉으로는 누구의 것보다도 견고해 보이던 그 작은 성이 이제 곧 산산조각 날 것이라는 예감을 했는지도 모른다. 그랬기에 최선을 다해서 마지막을 준비했는지도 모른다.

말도 안 되는 용서를 비는 수이를 보며 이경은 어떤 말을 해야 할지 알지 못했다. 너에겐 아무 잘못이 없어, 넌 나에게 상처를 주는 사람이 아니야, 라는 말조차 수이에게 상처를 입힐 것 같아서였다. 이경은 아무 말도 하지 않은 채로 수이의 동그랗고 부드러운 뒤통수를 어루만졌다. 아무리 애를 써도 웃음이 나오지 않았고, 그건 수이도 마찬가지였다.

4

눈을 뜨니 보조 침대에 앉아 있는 은지의 얼굴이 보였다. 은지는 가방을 무릎 위에 올려놓고 어색하게 굳은 채로 앉아 있었다. 이경은 자리에서 일어나 앉아 은지를 바라봤다.

"어떻게 왔어요?"

my desire for someone else. I'm the one who should be asking for forgiveness, not you.

Some time passed before Yi-gyeong had an inkling that Suyi wasn't simply misled. Perhaps Suyi was already seeing the end of their relationship. Perhaps she could feel that their relationship, a little castle that seemed stronger than any other structure, would soon be reduced to rubble. Perhaps this was her way of doing her best to prepare for it.

Yi-gyeong didn't know what to say to Suyi, who was seeking the forgiveness that wasn't Yi-gyeong's to give. Yi-gyeong thought even the words, *You've done nothing wrong. You are not someone who hurts me*, would hurt Suyi. She quietly stroked the soft hairs on the back of Suyi's head. No matter how hard she tried, she couldn't manage to smile, and neither could Suyi.

4

Yi-gyeong opened her eyes and saw Eunji's face. She was sitting on the cot next to her bed, awkward and stiff, with her bag on her lap. Yi-gyeong

"전화했어요. 수이 씨가 받더군요. 병원이라고."

"수이한테 뭐라고 했어요?"

"이경 씨 친구라고 했죠. 수이 씨도 절 알더군요. 얘기 들었다고."

"……."

"이렇게 아프다니 놀라서……." 은지의 목소리가 떨렸다.

"……놀랄 것 없어요. 찾아올 일도 아니었고."

"이경 씨."

은지의 모습이 또렷이 보이지 않았지만 이경은 안경을 끼지 않았다. 안경을 끼고 은지를 본다면, 그 아름다운 얼굴을 다시 본다면 자기가 무슨 말을 하고 어떤 행동을 할지 장담할 수가 없어서였다.

이경은 은지에게 쉰 목소리로 천천히 말했다. 수이에 대해, 수이가 자신에게 준 새로운 삶이라는 선물에 대해, 수이와 자신이 만든 세계가 얼마나 견고하고 완전한지에 대해, 그곳에는 누구도 개입할 수 없다는 사실에 대해.

그렇게 말하면서 이경은 그 말이 진실하지 않다는 것을 알았다. 은지를 설득시키기 위해 했던 말이었지만,

sat up and looked at Eunji.

"How did you know I was here?"

"I called. Suyi answered. She told me you were in the hospital."

"What did you say to Suyi?"

"That I was your friend. She knew who I was. She said you had mentioned me," she said. "I was worried to hear you were so sick..." Eunji's voice trembled.

"It's nothing to worry about. Or come all the way here for."

"Yi-gyeong."

Yi-gyeong couldn't see Eunji very clearly, but she didn't want to put on her glasses—there was no knowing what she would say or do if she saw Eunji's beautiful face.

Yi-gyeong related things slowly in a hoarse voice: about Suyi, about the gift of new life she had given Yi-gyeong, the strong and perfect world she had built with her, and how no one could interfere with this world.

As she spoke, Yi-gyeong knew it wasn't true. She had said it to convince Eunji, but saw her hidden

그 말은 오히려 숨겨둔 자신의 마음을 수면 위로 떠오르게 했다.

은지는 이경이 이야기를 끝내자 다시 연락하겠다는 말을 남기고 병실을 나섰다. 바람이 심하게 불던 날이었다. 그때 이경은 스물한 살이었고, 자신이 절대 할 수 없다고 생각했던 선택을 목전에 두고 있었다. 이제 손을 뻗으면 모든 것은 무너지고 망가질 수밖에 없을 것이었다. 스물하나의 이경이 수이에게 줄 것은 그것밖에 없었다.

그 일은 지금도 이경에게 악몽으로 반복됐다.

꿈에서 이경은 그때의 자신의 모습을 창이 달린 엘리베이터 안에서 바라본다. 말하지 말라고, 이제 그만 말하라고 아무리 소리쳐도 그 소리는 스물하나의 이경에게 닿지 않고, 엘리베이터는 갑자기 높은 층으로 올라갔다가 아래로 떨어지기를 반복한다. 그곳에서 빠져나갈 수 있는 방법은 없다. 그리고 그 모든 층에는 그때의 이경과 수이가 있다. 그들은 아직도 함께 있다. 이경의 꿈속에서, 오로지 그 고통스러운 순간의 모습으로만.

이경은 수이의 일터 맞은편 골목길에 쭈그리고 앉아

feelings rising up.

When Yi-gyeong had finishing her speech, Eunji said she would get in touch, and left the hospital room. It was a windy day. Yi-gyeong was twenty-one, facing a choice she thought she definitely would not be able to make. Just one push, and everything would surely crumble and fall into ruin. That was all Yi-gyeong, at twenty-one, was able to give Suyi.

After the visit, the scene repeated itself in Yi-gyeong's nightmares.

In the dream, Yi-gyeong looked at the scene from inside an elevator with a window. *Don't say it. Stop talking*, she shouted, but couldn't reach Yi-gyeong at twenty-one, and the elevator started shooting up and down the shaft. There was no way out. On every floor Yi-gyeong and Suyi existed at that moment in time. They were still together—together in the nightmare, stuck in that painful moment.

Yi-gyeong squatted in an alley near Suyi's work as she waited for her to get off. The heat of the asphalt was transferred to her feet through the thin

서 수이를 기다렸다. 창이 얇은 슬리퍼를 신은 발에 아스팔트의 열기가 그대로 전해졌다. 골목길에서는 시큼한 음식물 쓰레기 냄새가 코를 찔렀다. 이경은 쓰레기봉투에서 흘러나온 오렌지빛 액체를 바라봤다. 이 여름이 너무 길었다.

수이는 이경을 발견하고 손을 흔들었다. 이경도 수이에게 손을 흔들었다. 수이는 머리를 왼쪽, 오른쪽으로 조금씩 기울이며 뛰어왔다. 축구할 때의 습관이었는데, 마치 발 앞에 공이 있는 것처럼 달리는 자세였다. 수이는 기분이 좋을 때만 그렇게 달렸다.

둘은 자주 가곤 했던 술집으로 갔다. 감자전, 소주 한 병, 콜라 한 병을 주문하고 둘은 마주보고 앉아 있었다. 감자전이 나오기 전에 수이는 오백 시시 잔에 담긴 얼음물을 다 마셨다. 술집으로 걸어오는 동안 수이는 평소와는 달리 많은 말을 했다. 잠시라도 말의 공백이 있으면 큰일이라도 날 것처럼 다급하고도 절박하게.

"할 말이 있어."

자리에 앉아 이경은 수이에게 말하기 시작했다. 이경의 말을 듣는 수이의 얼굴은 그저 차분해 보였다. 수이는 팔짱을 끼고 가만히 이경의 이야기를 들었다.

soles of her flip-flops. The sour stench of food trash rotting assaulted her nose. She watched the orange liquid trickling from a bag of food trash to be collected. This summer was too long.

Suyi spotted Yi-gyeong and waved, and Yi-gyeong waved back. Suyi ran over to her, tilting her head to the left and right. It was a habit from her soccer days. She ran as if she was dribbling an invisible ball—she only ran like that when she was in a good mood.

They went to a bar they used to frequent. They sat facing each other and ordered a potato pancake, a bottle of *soju*, and a bottle of Coke. Suyi drank an entire tall glass of ice water before the potato pancake arrived. On the way to the bar, Suyi was chattier than usual. And there was urgency and desperation in the way she spoke, as if she couldn't pause for a moment.

"I have something to say." Yi-gyeong began.

Suyi's expression was calm. She sat still, her arms crossed, and listened.

Yi-gyeong wanted to be as gentle with Suyi as possible. So she didn't tell her about Eunji, thinking

이경은 수이가 최소한으로 상처받기를 바랐다. 그래서 수이에게 은지에 대해 말하지 않기로 했고, 그것이 수이를 위한 일이라고 철저히 믿었다. 수이를 속이기로 마음먹었던 순간 이경은 자기 자신조차 완벽하게 속일 수 있었다. 이경은 자신의 기만이 선의의 거짓말이라고 믿고 싶었고, 실제로 그렇게 믿었다. 그 거짓말이 비겁함이 아니라 세심하고 사려 깊은 배려에서 나온 것이라고 생각했다.

배려라니. 지금의 이경은 생각한다. 배려라니. 그 거짓말은 수이를 위한 것도, 자신을 위한 것도 아니었다. 단지 끝까지 좋은 사람으로 남고 싶은 욕심이고 위선일 뿐이었다는 것을 그때의 이경은 몰랐다. 수이는 그런 식의 싸구려 거짓을 받아서는 안 될 사람이라는 사실도.

이경은 그때 수이에게 무슨 말을 했는지 기억한다.

우린 서로 너무 다른 사람들이 되었어. 너도 느끼고 있었겠지. 서울에 올라온 이후로 모든 게 다 변해버렸잖아. 넌 네 얘기를 나에게 하지 않잖아. 네가 날 좋아하는지도 모르겠어. 내가 너에게 가장 좋은 사람인지도 모르겠다. 널 위해서 따로 뭘 해줄 수 있는 것도 아니고. 넌 나보다 더 좋은 사람을 만나야 해. 네 잘못은 없어. 다

it was absolutely the best for her. And the moment she decided to lie to Suyi, she was able to lie to herself as well. Yi-gyeong wanted to believe that her condescension was a white lie, and truly believed it to be true. She wasn't lying out of cowardice—it was a gesture of needful and thoughtful consideration...

Consideration? Yi-gyeong now looks back in disbelief. *How could I have thought that was considerate?* That cowardice wasn't for Suyi's sake or Yi-gyeong's sake. Yi-gyeong did not know back then that she was doing it to remain a nice person to the end. She also didn't know that Suyi did not deserve her cheap excuses.

Yi-gyeong remembers what she'd said to Suyi.

We've becomes very different people. I'm sure you've noticed it, too. Everything changed after we moved to Seoul. You don't talk to me about things. I don't even know if you still like me. I don't know if I'm the best person for you, either. There's nothing I can do for you. You should be with someone better than me. It's not your fault. It's me.

Yi-gyeong remembers the manipulative things

나 때문이야.

그 위선적인 말들을 이경은 기억한다. 아무 대답 없이 고개를 숙이고 있는 수이에게 이경은 괜찮으냐고 물어보기까지 했었다. 수이는 가만히 고개를 끄덕였다.

"살다보면 이런 일도 있는 거니까…… 다들 이렇게 사는 거니까…… 그러니까 너도 너무 걱정하지 마."

분노도, 슬픔도, 그 어떤 감정도 읽을 수 없는 무미건조한 말투로 수이는 말했다. 무엇이 수이를 체념에 익숙한 사람으로 만들었을까. 이경은 시간이 지나고 나서 생각했다. 걱정하지 말라니, 그것이 버림받는 사람이 할 수 있는 말일까.

"너 때문이 아니야. 넌……"

"이렇게 좋은 일은 없다고 생각했어. 나에게 이런 좋은 일이 생길 리 없다고……. 널 영원히 만날 수 있다고는 기대하지 않았어. 그럴 주제가 아니니까……. 이제 네가 아플까봐 다칠까봐 죽을까봐 더는 걱정하지 않아도 되겠지. 그런데도…… 아니야. 다 지나가겠지. 그럴 거야."

수이의 목소리는 점점 작아지다가 나중에는 겨우 알아들을 수 있는 정도로 줄어들었다. 자기 앞에 이경이

126

she said. She went so far as to ask Suyi, who sat quietly, with her head hanging, if she was okay. Suyi had nodded.

"This is part of life... Everyone goes through something like this... Don't worry about it," Suyi said in a dry tone that conveyed neither anger, sadness, nor any other emotion. What had made Suyi so resigned? After some time, it occurred to Yi-gyeong: *"Don't worry about it."* Are those the words of someone being abandoned?

"It's not you..." Yi-gyeong mumbled.

"I knew nothing could be this good. No way something this good could happen to me," Suyi spoke. "I didn't expect to be with you forever. I don't deserve it. I guess now I don't have to worry about you getting sick or hurt or dying anymore. Still—well, never mind. It'll pass. It will."

Suyi's voice grew smaller, barely audible by the time she had finished. It was as if she'd forgotten that Yi-gyeong was sitting there—as if she was talking to herself . Her gaze that had been fixed on Yi-gyeong was now focused on table. Yi-gyeong laid her hand on Suyi's. Suyi looked down at the

있다는 사실을 잊은 것처럼, 혼잣말하듯 말했다. 처음에 이경을 향하던 시선은 테이블 모서리에 가 있었다. 이경은 테이블 위에 올라온 수이의 손을 잡았다. 수이는 포개진 두 손을 정물을 응시하듯이 가만히 바라보기만 했다.

"마음먹었으면 돌아보지 말고, 가." 수이는 작은 목소리로 중얼거렸다. "가, 가줘."

다음 날 이경은 수이에게 받은 물건들을 정리해서 수이의 집으로 가져갔다. 수이를 기다리면서, 수이 집에 있는 자기 물건도 정리했다.

수이는 자정이 넘어서야 들어왔다. '대성 카센타'라는 로고가 박힌 초록색 폴로 티셔츠를 입고 있었다. 현관 앞에 서 있는 이경을 수이는 잠시 쳐다봤다. 자신을 보는 눈빛에 미움이 조금이라도 묻어 있기를 바랐지만 수이는 이경을 보고 엷게 웃었다. 그러고는 화장실에 들어가서 천천히 샤워를 하고 나왔다.

"밥은?"

"먹고 왔어. 너는?"

"나도 먹었어."

two hands on top of each other like it was an object.

"If you've made up your mind, don't look back—and go," Suyi murmured quietly. "Go. Please."

The next day, Yi-gyeong collected all the things Suyi had ever given her and brought them to Suyi's. Waiting in her apartment, Yi-gyeong packed up the things she'd left there.

Suyi came home past midnight. She was wearing a green polo shirt that had the logo "Daeseong Autoworks" on it. Standing at the door, she gazed for a moment at Yi-gyeong. Yi-gyeong hoped to catch even a glimmer of anger, but Suyi just smiled faintly at her. Suyi then went into the bathroom, took some time washing up, and came out.

"Have you eaten?" Yi-gyeong asked.

"I ate at the station. You?"

"I ate, too."

"You got everything?"

Now Yi-gyeong doesn't have a clear memory of Suyi's face at that moment. All she remembers is that Suyi looked sick, and that she struggled to

"짐은 다 쌌어?"

그때 자신을 바라보던 수이의 얼굴이 어땠는지 이경은 정확히 기억하지 못한다. 단지 얼굴이 많이 상해 보였다는 것, 자신을 보고 싶지 않지만, 그런 마음을 읽힐까봐 애써 자신을 바라보던 눈은 기억난다. 혹시나 자신이 마음을 바꾸진 않을지, 어떻게 우리가 이렇게 끝날 수 있는지 아직 실감할 수 없다는 눈빛이었다. 수이는 창가 아래에 앉았다. 이경은 박스를 하나 내밀었다. 대부분은 서울에 올라온 후에 수이가 이경에게 쓴 편지와 엽서였고, 수이가 빌려준 시디와 책들이 들어 있었다. 수이는 그 박스를 물끄러미 바라봤다.

"이걸 왜 날 줘. 갖든 버리든 네가 알아서 해."

"그래도……."

박스는 수이와 이경 사이에 놓였다. 둘은 멀찍이 떨어져 앉아서 그 박스를 바라보고만 있었다. 새벽 두 시가 다 된 시간이었다.

"열여덟에 널 만났어. 열여덟 칠 월에."

침묵을 깨고 수이는 박스를 바라보며 말했다.

"행복했었어. 그때만 말하는 게 아니라 너랑 같이 지냈던 시간 전부 말이야."

meet Yi-gyeong's gaze, so Yi-gyeong wouldn't notice that Suyi didn't want to look at her, in case Yi-gyeong saw through her. Suyi looked at her as if to say: I hope Yi-gyeong will change her mind, and that it isn't over. Suyi sat under the window. Yi-gyeong handed her a box of things that Suyi had given her, mainly letters and postcards that she'd written to Yi-gyeong since they come to Seoul, as well as a few CDs and books she'd lent her. Suyi stared at the box.

"Why are you giving me this? Keep it, throw it out —do whatever you want with it."

"Still—"

The box sat between Suyi and Yi-gyeong. They sat a distance apart from one another and looked at it. It was past 2 a.m.

"I met you when I was eighteen—July of my eighteenth year," said Suyi, breaking the silence, her eyes fixed on the box. "I was happy. Not just that summer, but the entire time I was with you." Suyi kept choking up and clearing her throat.

"I don't know if you pitied me, too, Yi-gyeong. I know people feel sorry for me. I have rotten par-

자꾸 목이 잠겨서 수이는 헛기침을 했다.

"이경이 너도 날 불쌍하게 생각했는지 모르겠다. 그래, 다른 사람들 기준으로 보면 나, 안된 사람인지도 모르지. 형편없는 부모에, 부상당해서 운동도 관둬야 했고, 대학은 엄두도 못 내고. 그냥 밖에서 보면 말이야. 저런 인생 살고 싶다는 생각은 안 들겠지."

수이는 이경을 보며 작게 웃었다.

"근데 아니었어. 나 너랑 만나면서 세상 누구도 부럽지 않았다. 부상 때문에 운동 관둔 것도 괜찮았어. 그만큼 운동 좋아했던 것도 아니었으니까. 아니, 싫었지. 지긋지긋했어. 근데 할 수 있는 게 그거밖에 없으니까 했던 거야. 그거라도 잡고 살아야 했으니까 그랬던 거야. 대학 못 가도, 운동 계속 못 해도 아무렇지 않았어. 이경이 네가 날 좋아하는데, 내가 널 사랑하는데, 보고 싶을 때 언제고 널 볼 수 있는데 내가 뭘 더 바라. 참 힘들게 사는구나, 누가 그렇게 말하면 속으로 비웃었지. 나 사실 힘들지 않은데, 바보들, 그러면서."

거기까지 말하고 수이는 한동안 아무 말도 하지 않았다. 옆집에서 남자와 여자가 싸우는 소리가 들려왔고, 누군가 현관문을 세게 닫는 소리도 들려왔다.

ents, I got injured and had to give up soccer, I can't even dream of going to college. An observer would think, I'd hate to be her."

Suyi looked at Yi-gyeong and chuckled quietly. "But that wasn't true. In the time we were together, I never once envied anyone. I didn't mind that I had to give up soccer. I didn't like it that much. Actually, I didn't like it at all. I was sick of it. But I kept at it because it was the only thing I knew how to do. I had to hang onto at least that. But I was fine with giving up college and soccer. 'Yi-gyeong likes me. Yi-gyeong loves me. I can see her any time I miss her. What more could I possibly want in life?' When people said, 'It's a tough life you have,' I would laugh at them on the inside. I would think, 'I'm perfectly fine, idiots.'"

Then Suyi was quiet for a long time. Yi-gyeong heard the couple next door fighting and someone slamming the front door.

"Yi-gyeong."

"Yeah?"

"Do you remember the first day we met?"

"Of course."

"이경아."

"응."

"우리 처음 만났던 날 기억해?"

"그럼."

"내가 찬 공에 맞았잖아."

"그래. 안경 부러지고 코피 나고."

"주저앉아 울었었지. 눈물이랑 코피랑 섞여서 턱밑으로 떨어지고."

"그게 내 첫인상이었겠네."

수이는 고개를 끄덕이고 이경을 가만히 바라봤다. 자기가 찬 공에 맞아서 코피를 흘리던 열여덟 이경을 보던 표정으로, 자기가 다친 것처럼 놀라고 아픈 사람의 얼굴로. 그렇게 이경을 보던 수이의 눈에 눈물이 고였다.

"수이야."

"이제 네가 날 부르는 소리도 들을 수 없겠지."

그 말을 하고 수이는 오래 울었다. 어떻게든 울지 않으려고, 말을 이어가려고 노력했지만 잘 되지 않았다. 수이는 시위하듯 우는 것이 아니었다. 이경을 공격하기 위해서, 이경에게 죄책감을 주기 위해서 감정을 과장하는 것이 아니었다. 수이는 단 한 번도 자기 상처를 과시

"I hit you in the head with that soccer ball."

"Yeah. You broke my glasses and I got a nose-bleed."

"You collapsed right on the spot and cried. You had tears and blood dripping from your chin."

"That was your first impression of me?"

Suyi nodded and looked gently at Yi-gyeong, in the same way she had looked at Yi-gyeong with a nosebleed at eighteen: caught off-guard and in pain, as if she herself was hurt. Tears welled up in her eyes as she gazed at Yi-gyeong.

"Suyi."

"I won't be able to hear you call my name any-more."

Suyi cried for a long time. She tried not to, and did everything she could to keep speaking, but she couldn't manage. She wasn't crying in protest. She wasn't embellishing her emotions to attack Yi-gyeong or make her feel guilty. Suyi was never one to display her wounds. As if she believed that manipulating someone with one's wounds was a disgusting thing, she cut off all such possibility. She tried not to blame anyone, and to endure whatever

한 적이 없었다. 자기 상처로 누군가를 조종하는 일이 가장 역겹다고 믿는 사람처럼 그런 가능성 자체를 차단했다. 누구도 원망하지 않으려 했고, 그게 무엇이든 모든 것을 삼켜내려 했다. 그런 수이가 소리 내지 않으려고 애쓰며 울고 있었다.

이경은 벽에 등을 대고 앉았다. 수이의 울음이 자신의 마음을 아주 조금도 돌려놓을 수 없다는 사실에 놀란 채. 수이 또한 이경의 그런 마음을 알았을 것이다. 이경은 울 수 있는 자격이 없었다.

"잘 자."

수이는 그렇게 말하고 불을 껐다. 동이 트기까지 이경은 한숨도 자지 못한 채 뒤척였다. 수이가 화장실에 들어가는 소리, 샤워를 하고 나와 드라이어로 머리를 말리는 소리, 현관문을 닫고 나가는 소리를 들었다. 수이가 돌아볼까봐 이경은 수이의 뒷모습을 바라볼 수조차 없었다.

수이가 방을 나서고서야 이경은 참은 눈물을 흘렸다. '잘 자', 그렇게 말하면서 불을 끄던 수이, 그것이 이경이 마지막으로 본 수이의 모습이었다. 냉장고에는 언제 사다놓았는지 모를 딸기우유 팩들이 나란히 줄 서 있었다.

arose. And she was now trying to cry without making a sound.

Yi-gyeong sat with her back to the wall, surprised by the fact that Suyi's crying did nothing to change her mind, not even a little. Suyi must have known, too. Yi-gyeong had no right to cry.

"Good night," said Suyi and turned out the light.

Yi-gyeong could not sleep. She tossed and turned until dawn. She listened to the sound of Suyi going into the bathroom, taking a shower, blow-drying her hair, going out the front door. She couldn't watch, afraid Suyi would turn around and look back at her.

Running her hand over the spot where Suyi had just slept, Yi-gyeong finally let go of the tears she'd been holding back. *Good night*, Suyi had said before she turned out the light. That was the last Yi-gyeong ever saw of Suyi. In the refrigerator, cartons of strawberry milk stood in a row.

5

Her relationship with Eunji lasted less than a year. Eunji said she couldn't get over Nubi. She confessed

5

은지와의 연애는 일 년도 가지 않아 끝났다. 은지는 누비를 잊을 수 없다고 말했다. 자신의 첫사랑, 오 년을 만났던 사람에 대한 마음을 끊어낼 수 없다고 고백했다. 이경 또한 은지의 마음을 느끼고 있었다. 온전히 자신을 향하지 않는 마음은 은지가 아무리 숨기려 해도 드러나게 마련이었고, 이경을 얼게 했다.

종국에는 특별한 뜻이 없는 은지의 모든 말과 행동이 비수가 되어 이경에게 날아왔다. 은지가 뒤돌아 누워 있는 것조차도 이경을 슬프게 했다. 은지는 손끝 하나 움직이지 않고도, 말 한마디 하지 않고도 자신을 상처 입힐 수 있었다.

이경은 수이처럼 담담하게 상황을 받아들이지 못했다. 울면서 매달리고, 이렇게 쉽게 끝을 정하지 말라고, 한 번만 더 생각해보라고 빌었다. 이경은 빌었다. 자기가 이렇게 비굴해질 수 있는 사람이라는 것을 알고 놀랐지만, 매일매일 이렇게 살더라도 은지와 함께하고 싶었다. 내가 이런 인간이었나 자문했지만 과거의 자신이 어떤 사람이었는지조차 제대로 기억할 수 없었다.

은지를 알게 된 이후 한순간도 죄책감이나 불안함 없

she couldn't get past her feelings for that first love, the one she'd had for five years. Yi-gyeong had had an inkling. Eunji could conceal her distractedness only so much, and it sent a chill through Yi-gyeong's heart.

In the end, Eunji's every word and gesture cut Yi-gyeong like a knife. Eunji sleeping with her back turned was enough to make Yi-gyeong sad. Eunji was the only person who could hurt Yi-gyeong without lifting a finger or saying a word.

Yi-gyeong couldn't accept the ending with as much grace as Suyi had. She clung tearfully and begged Eunji to reconsider, to not end it so hastily. She begged. She was surprised to discover this self-abasing side of herself; but she wanted to be with Eunji even if it meant living like that the rest of her life. She asked herself if she'd always been this way, but she couldn't remember what she'd been like before Eunji.

Yi-gyeong admitted that she had not had a moment's happiness, free from guilt or anxiety, since she'd met Eunji. As Eunji had said, they were too similar and fell for each other very quickly, but they

이 행복하지 못했다는 사실을 이경은 인정했다. 은지의 말처럼 이경과 은지는 너무 비슷한 사람들이었고, 그 이유 때문에 빠르게 서로에게 빠져들었지만 제대로 헤엄치지 못했으며 끝까지 허우적댔다. 누구든 먼저 그 심연에서 빠져나와야 했을 것이다. 하지만 그 또한 순간이었다. 은지와 함께했던 기억은 하루하루 떨어지는 시간의 무게를 버티지 못하고 부서져 흘러가버렸고, 더는 이경을 괴롭힐 수 없었다. 그렇게 시간은 갔다.

은지에게서 연락이 온 건 서른넷의 늦은 봄이었다.

둘은 이경의 직장 근처 카페에서 만나 겨우겨우 말을 이어갔다. 지난 십삼 년간의 일을 고작 한 시간 동안 요약해서 정리할 수는 없었고, 그럴 필요도 느낄 수 없었다. "자기가 날 만나줄 줄은 몰랐어요." 그렇게 고백하는 은지에게서 이경은 이상한 안도감을 느꼈다. 은지는 더이상 자신을 아프게 한 사람으로만 남아 있지 않았다.

"나는 변덕스러운 사람이었어요."

"알아요, 그 마음. 나도 그랬으니까." 이경이 답했다.

그 말을 하고 둘은 한참이나 말을 잇지 못했다.

"이수이 씨는 어떻게 지내나요."

couldn't go on and ended up flailing to the end. One of them had to crawl out of the abyss first. But it was just another moment in life. Yi-gyeong's memories of Eunji crumbled and washed away with the force of time and finally stopped tormenting her.

Eunji contacted her in the late spring of Yi-gyeong's thirty-fourth year.

They met in a café near Yi-gyeong's work place and struggled to keep up a conversation. The past thirteen years couldn't be summarized in a meeting, and neither felt inclined to try doing so.

"I didn't think you would agree to see me." In Eunji's confession, Yi-gyeong felt an odd sense of relief. Eunji was no longer just someone who hurt her.

"I was fickle."

"I understand. I was like that, too," Yi-gyeong replied.

For a long time, they sat in silence.

"How's Suyi?"

"I haven't seen her in thirteen years."

"She didn't contact you?"

"십삼 년 전이 마지막이었어요."

"연락이 없었나요?"

그렇다고 말하려는데 입을 열 수가 없어서 이경은 그저 고개를 끄덕였다. 수이가 살아 있는지 죽었는지조차도 모르게 됐어요. 이경은 속으로 말했다. 둘은 커피 한 잔을 다 마시고 자리에서 일어났다. 은지와의 만남은 이경을 지난 시간으로 끌고 들어갔다. 수이는 다시 만날 수 없는 사람이었다. 한 번쯤은 마주칠 수 있지 않을까 생각했지만, 차라리 그런 우연이 없기를 바랐다.

수이는 시간과 무관한 곳에, 이경의 마음 가장 낮은 지대에 꼿꼿이 서서 이경을 향한 시선을 거두지 않았다. 수이야, 불러도 듣지 못한 채로, 이경이 부순 세계의 파편 위에 우두커니 서 있었다. 그곳까지 이경은 손을 뻗을 수 없었다. 은지를 만나지 않았다면 수이와 헤어지지 않았을까. 그 가정에 대해 이경은 자신이 없었다.

은지와 만나고 몇 달이 지나 이경은 고향 집에 들렀다. 땀에 젖은 등에 티셔츠가 달라붙는 더운 날이었다. 엄마가 새로 산 스쿠터를 타고, 이경은 동네를 몇 바퀴 돌았다. 이경이 안경을 수리한 안경점도, 수이와 처음

Yi-gyeong was about to say no, but she couldn't get the word out. She shook her head instead. *After all this time, I don't know if Suyi's dead or alive*, Yi-gyeong said to herself. They each finished a cup of coffee and got up. Eunji's question transported Yi-gyeong back to the past. Suyi was not someone Yi-gyeong could see again. She thought they might run into each other, but also hoped such a coincidence would not happen.

Suyi stood tall in a place disconnected from time, in the lowest sphere of Yi-gyeong's heart, her eyes fixed on Yi-gyeong. Standing on the rubble of the world Yi-gyeong had destroyed, she did not hear Yi-gyeong call: *Suyi*. Yi-gyeong could not reach out that far. *If I hadn't met Eunji, would we still be together?* Yi-gyeong couldn't say with any confidence.

A few months after her meeting with Eunji, Yi-gyeong visited her hometown. It was the kind of day that made t-shirts cling to sweaty backs. Yi-gyeong took a few laps around town on her mother's new scooter. The eyeglasses place where Yi-gyeong had had her glasses fixed, the snack place

점심을 먹었던 분식집도, 심지어 수이의 집도 이미 사라진 지 오래였다. 수이의 집이 있던 자리에는 짓다 만 콘크리트 건물이 붉은 철근을 드러낸 채 방치되어 있었다. 이경은 그것들을 지나 다리로 갔다.

이경은 다리 가운데에 스쿠터를 세워두고 다리난간에 기대 하류로 흘러가는 강물을 바라봤다. 그곳에서, 시간으로부터 놓여난 것처럼 하염없이 강물을 바라보던 시절이 생각났다. 왜 우리는 그렇게 오래 강물을 바라보고 있어야 했을까, 서로 가까이 서지도 못한 채로.

그곳에는 '김이경', 그렇게 자신을 부르고 어색하게 서 있던 수이가, 강물을 바라보며 감탄한 듯, 두려운 듯 '이상해'라고 말하던 수이가, 그런 수이를 골똘히 바라보던 어린 자신이 있었다. 이경은 입을 벌려 작은 목소리로 수이의 이름을 불러보았다.

강물은 소리 없이 천천히 흘러갔다.

날갯죽지가 길쭉한 회색 새 한 마리가 강물에 바짝 붙어 날아가고 있었다. 이경은 그 새의 이름을 알았다.

where she had had lunch with Suyi the first time, and even Suyi's old house—all were gone. On the site of Suyi's house, a new building in the midst of construction stood neglected, its red I-beams exposed. Yi-gyeong passed by them and headed for the bridge.

Yi-gyeong parked the scooter in the middle of the bridge, leaned on the railing and watched the river flow. She remembered watching that river with Suyi, like two people released from time. *Why did we watch the water for so long, yet unable to stand closer to each other?*

On that bridge there were Suyi who called, "Yi-gyeong Kim" and stood awkwardly, who looked at the river and said in wonder and awe, "Weird," and Yi-gyeong's young self who watched Suyi thoughtfully. Yi-gyeong quietly said Suyi's name.

The river flowed slowly and silently.

A gray bird with long wings flew close to the surface of the water. Yi-gyeong knew the name of that bird.

창작노트
Writer's Note

「그 여름」은 첫 책이 출판된 뒤 처음으로 발표한 작품이다. 겨울호 잡지에 실린 소설이지만, 원고를 썼던 계절은 한여름이었다. 내가 겪었던 서른두 번의 여름 중 그토록 더운 여름은 없었다. 나는 이 작품을 붙들고 문자 그대로 땀을 흘렸고, 이경과 수이도 나와 함께 그 여름을 통과했다. 2016년 여름을 떠올리면 이경과 수이가 먼저 생각날 것 같다.

작품을 쓴 지 반년이 지나고 나니 이런 생각이 들었다. 이경과 수이, 은지가 실제로 나와 같은 세상을 살아가는 사람들이라는 생각, 지금 이 순간에도 세상 어딘가에서 살아가고 있을지 모른다는 생각 말이다. 다리

"The Summer" is the first work of mine to come out after my first book—and the first to be translated. Although it was originally published in a magazine's winter edition, I wrote it in the middle of the summer. Of the thirty-two summers I've experienced, that one was the hottest. My sweat literally went into writing the story, its main characters Yi-gyeong and Suyi spending the time with me. Whenever I think of that summer of 2016, they will always be the first to come to mind.

A while after I wrote "The Summer," I had a thought: Maybe Yi-gyeong, Suyi, and Eunji are living in the same world as me, going about their lives this very moment. The old classmate who shoved Suyi's

위에 서 있던 수이의 어깨를 밀쳤던 사람도, 은지의 머리카락을 뜯어놓은 남자들도 실제하는지 모른다.

사랑은 희귀한 사건이라고 생각한다. 기본적인 존중조차 받지 못하고 살아가는 시간이 많은 날들을 차지하는 인생에서 사랑은 무엇보다 귀한 선물이다. 누구에게나 인생은 한 번뿐이고, 사랑을 붙잡을 수 있는 권리가 있다. 비록 실패하고 상처받더라도 사랑은 인간이 누릴 수 있는 최고의 축복이라고 생각한다.

사랑하려 하지 않는 사람들의 눈에 사랑하는 사람들의 모습은 어리석고 이해하기 어려운 추태로 보일지 모른다. 나이와 성별, 세상이 규정해놓은 온갖 기준으로 그들의 모습을 재단하며 비웃고, 화를 내고 그들의 사랑을 금하기도 한다. 사랑은 세상에서 허락받은 사람들이 독점하는 것이라며, 사람의 사랑을 더럽다고 말하기도 한다.

'남의 정원을 망칠 시간에 자기 정원을 가꾸라'는 말을 나는 좋아한다. 우리 모두에게는 각자의 정원이 있고, 정원에 뿌릴 씨앗이 있다. 어떤 생명도 솟아나지 않는 황폐한 자기 정원은 보지 않고, 남의 집 정원에서 자라나는 꽃과 나무를 미워하고 그것들을 뽑아내야 직성이

shoulder on the bridge and the men who tore out Eunji's hair might also exist.

I think love is something that seldom happens. In life, where on most days we are deprived of basic respect, love is the most precious gift. Everyone lives only once, which is why we have a right to find love and keep it. I think love is the highest blessing we can receive, even if it means opening ourselves up to the prospect of losing that love and being hurt.

To those who won't seek love, lovers might seem foolish, vulgar, or hard to understand. Some judge lovers by their age, gender, and all kinds of other standards the world has set. They laugh at lovers— or sometimes get angry and try to forbid love. They say that love is only for those the world has allowed to feel it, even calling some people's love disgusting.

"If you have the time to ruin others' gardens, tend your own" is one of my favorite sayings. Each of us has our own garden and seeds to sow in it. Perhaps some people don't see their own deserted gardens without any life springing from them. And they hate the flowers and trees growing in others' gardens, and will not rest until everything has been

풀리는 것일까. 다른 사람들의 사랑을 단죄하고 혐오하는 사람들의 마음속에도 사랑하고 사랑받고 싶다는 욕망이 있다는 것을 나는 안다. 그것을 자신이 인정하든 인정하지 않든 간에.

예전 플랫 메이트였던 네덜란드인 친구가 내게 물었던 적이 있다. 왜 한국은 동성결혼이 허락되지 않느냐고. 진심으로 이해할 수 없다는 태도였기에 마음이 아팠던 적이 있었다. '한국적 정서에는 동성애, 동성결혼이 맞지 않다'라는 말을 나는 오래 들어왔다. '한국적 정서'라는 것이 무엇인지는 모르겠지만, '정서'가 인권을 탄압하는 수단이 될 수 있다는 사실이 섬뜩했다. 그토록 강력한 '정서'라는 것이 소수자 혐오라면 이제 그 '한국적 정서'가 무엇인지 뜯어보아야 할 것 같다. 다름을 받아들이려 하지 않고, 강자가 약자를 괴롭히는 구조를 허용하는 '정서'가 얼마나 많은 사람들에게 상처를 안겼는지를 나는 글을 쓰는 내 몸의 고통을 통해 느낀다.

실제로는 아홉 번째 작품이지만, 한국어를 모르는 친구들에게 이 소설은 나의 첫 소설이 된다. 이 작은 책이 나의 친구들에게 좋은 선물이 되었으면 좋겠다. 마음이 많이 공허하고 아팠을 때 말로, 행동으로 나를 되살려

pulled out by the roots. Yet I know that, even in the hearts of those who condemn and hate others' love, there is a desire to love and be loved, whether they ever admit to it.

My ex-flat mate from the Netherlands once asked me why same-sex marriage is not allowed in Korea. She had a very difficult time understanding the reasoning behind it. It broke my heart. I've long heard people say, "Same-sex relationships and marriage are not appropriate for Korean sentiments." I don't know what "Korean sentiments" means, though, and it frightens me that "sentiments" could be used for violating human rights. If the so-called prevailing "sentiments" involve hatred against minorities, it's time to dissect and examine those sentiments. I feel this pain in my body, as I write, caused by people with such sentiments scarring so many others, by refusing to accept differences and turning a blind eye to a system in which the majority bully the minority.

This, my ninth work, is the first to reach my friends who don't read Korean. I hope this little volume will make a welcome gift for them—for those who brought me back to life with their words and actions when I felt so empty and heart-

준 친구들. 서로 다른 언어를 쓰고 다른 나라에 살지만 주고받았던 마음은 사라지지 않는다. 나는 그 친구들에게 작은 친절함이, 한 잔의 따뜻한 차가, 애써 짓는 미소가 사람을 살릴 수 있다는 것을 배웠다.

이 기회를 통해 한국어를 읽지 못하는 독자들과 처음 만나게 되었으니 「그 여름」은 여러모로 기억에 남는 작품이 될 것 같다. 나와 동갑인 수이, 이경이가, 그리고 어느 병원에서 일하고 있을 은지가 서점에서 이 책을 꺼내드는 장면을 상상해본다. 나와 함께 그 여름을 통과한 그들에게 이 겨울, 다정한 인사를 전하고 싶다.

broken. Although we speak different languages and live in different countries, the love we shared remains. From them, I've learned that the little gesture of friendliness, the cup of warm tea, the smile that we manage can save lives.

Since this is the first work through which I am meeting readers who don't know Korean, "The Summer" means a lot to me, for many reasons. I can picture Suyi and Yi-gyeong, who are the same age as me, and Eunji, who would be working in a hospital, picking up this volume in a bookstore. To the three of them, who endured that summer with me, I send warm regards this winter.

해설
Commentary

'그' 여름이라고 말할 수 있을 때

양윤의 (문학평론가)

관계의 위상학을 탁월하게 보여주는 작가 최은영이 수채화 같은 사랑 이야기를 들고 왔다. 제목부터가 이 소설이 한때의 사랑 이야기임을 알게 해준다. 「그 여름」 (《21세기 문학》, 2016년 겨울호). 무성하게 불타오르던 사랑의 한때, 그러나 '그'라는 명명에 포획되어 우리에게서 멀어져 간 여름. 우리가 '그' 여름이라고 말할 수 있는 때는 언제일까.

'그' 여름은 '어느' 여름과는 다른 여름이다. 특정한 시간과 장소를 가진 여름, 다른 모든 여름과는 구별되는 여름이다. 이 소설의 두 주인공 김이경, 이수이에게 그 여름은 "열여덟 여름"이었고 특별한 사고와 함께 시작

A Time Called "The Summer"

Yang Yun-eui (literary critic)

Choi Eunyoung, who is adept in showing the phases of a relationship, has brought us a love story that resembles a watercolor painting in its expressiveness and delicate strokes. From its title, "The Summer"(*21st Century Literature*, Winter 2016), we might infer, rightly, that the story is about a previous love affair—in a past when this love was at its ripest, a summer that has now faded and is confined in the expression "the summer." But what was the true nature of this period called "the summer"?

"The summer" is different from just any summer of course: it entails a specific time and place. For the two main characters, Yi-gyeong Kim and Suyi

되었다. 고교 축구부인 수이가 찬 축구공이 이경의 얼굴을 가격했다. 안경테가 부러지고 코피를 쏟을 정도의 충격이었다. 함께 병원을 다녀온 후에 둘은 급속도로 가까워졌다. 그런데 놀랍게도, 아니 놀랍지 않게도 둘 사이에서 무슨 일이 일어났는지는 알 수 없다. 그저 이런 진술이 있을 뿐. "그 주 내내 수이는 딸기우유를 들고 왔다."(12쪽)

저 사고는 사랑의 시작을 알리는 것이었지만(사랑은 사건이나 사고처럼 '발생'한다), 사건 이전이나 이후를 분할하지 않는다. 그저 어느 날부터 사고가 지시하는 '그'날부터 사랑이 시작되었다라고 말해서는 안 된다. '그'날은 둘 사이에서 청춘의, 연애의 서사가 시작된 날이 아니다. '그'날은 그 서사 속에 둘이 이미 들어가 있음을, 둘이 그것을 온몸으로 경험하고 있음을 알게 한 날이다. 「그 여름」 속으로 들어오면 둘 사이의 사랑은 이미 시작된 것처럼 보인다(뒤에 얘기하겠지만 바로 이것이 '은지'의 서사가 도입되는 이유가 된다).

이경은 수이를 만난 경험을 근시였던 자신이 처음 안경을 썼던 순간에 빗댄다. "모든 것이 또렷하게 보였지만 바닥이 돌고 있는 것처럼 어지러웠"(8~10쪽)다. 세계

Lee, it was, among other things, "the summer when they were eighteen," which began with an unusual event. A ball kicked by Suyi, a high-school soccer player, accidently hits Yi-gyeong in the face. The impact is so hard that Yi-gyeong's eyeglasses break and her nose bleeds. After going to the hospital together, they quickly become close. Surprisingly, the writer doesn't describe for us exactly what happens between them—yet it is actually not so surprising. The story only says: "Suyi brought her strawberry milk every day that week"(13-15).

The accident marks the beginning of a love affair, which "happens" like an accident or event; yet the time before it is not separated from the time after. It cannot be said that love starts from "that day." "That day" is not the day the story of youth and love blossoms between the two, but the day the characters recognize that they are in their own love story and experiencing it. In "The Summer" it feels like the love between Yi-gyeong and Suyi has already started(This is the reason why Eun-ji's story is introduced, as will be explained below).

Yi-gyeong compares her encounter with Suyi to the first time she wore glasses: "She could see everything clearly, but the floor had spun beneath

의 황홀이다. 이경의 몸도 동일하게 반응한다. "손가락 하나 잡지 않고도, 조금도 스치지 않고도 수이 옆에 다가서면 몸이 반응했다. 철봉에 거꾸로 매달린 것처럼 어지럽고 속이 울렁거렸다."(18~20쪽) 사랑이 세계와 주체가 연동되는 체험이라는 것을, '그' 사람으로 표현된 세계와 내 몸이 동조(同調)하는 일이라는 것을 두 문장이 보여준다.

그럼에도 불구하고 이 소설은 열여덟 소녀 이경의 목소리로 적히지 않고 서른네 살이 된 여인 이경의 시점에서 적힌다. '그 여름'은 이미 닫힌 여름이고 가뭇없이 사라진 여름이다. 사랑의 바깥에서, 사랑을 개괄하는 자의 시선, 어떻게 본다면 후일담의 형식을 빌어서 가까스로 '그 여름'을 더듬는 이의 시선이다.

이렇게 본다면 이 소설은 지나간 사랑을 기리는 일종의 만가(輓歌)일 것이다. 그러나 과연 그럴까? 사실 「그 여름」에서 알려지지 않은 시선은 하나 더 있다. 사랑의 당사자인 수이의 시점은 끝내 드러나지 않는다. 소설은 시종일관 이경의 시선으로 서술된다. 수이가 사고로 축구를 포기해야 했을 때나 혼자 서울에 올라와 자동차 정비를 배울 때에도 이경에게 이별 통보를 받은 수이가

her"(11). Ecstasy fills her world. And her body reacts the same way: "Without holding so much as Suyi's finger, without touching her even in the slightest, Yi-gyeong's body reacted whenever she was near Suyi"(21). The two sentences show that love is an experience through which one becomes interlocked with the world, that one's body is linked with the world, which is represented by "that person."

This story is not written in the voice of the eighteen-year-old Yi-gyeong, however, but from the perspective of the thirty-four-year-old Yi-gyeong. "The summer" has already expired and vanished without a physical trace. It is about revisiting an old love affair from afar, and struggling to recall it.

From this viewpoint, one might think of this story as merely an elegy for a past love. Yet there is another perspective that remains unrevealed: the viewpoint of Suyi. From beginning to end, the story is actually written from Yi-gyeong's point of view, including incidents when Suyi has to give up soccer because of an accident, when she learns auto mechanics in Seoul, and when she accepts Yi-gyeong breaking up with her. At every crisis in their love affair, Suyi's thoughts are not revealed.

담담히 그것을 받아들일 때에도 그렇다. 요컨대 모든 사랑의 고비마다 수이의 내면은 저히지 않는다. 이경의 고백만이 그것을 옮길 뿐이다. 단 한 번, 이런 장면이 있다.

이경을 보던 수이의 눈에 눈물이 고였다.
"수이야."
"이제 네가 날 부르는 소리도 들을 수 없겠지."
그 말을 하고 수이는 오래 울었다. 어떻게든 울지 않으려고, 말을 이어가려고 노력했지만 잘 되지 않았다. 수이는 시위하듯 우는 것이 아니었다. 이경을 공격하기 위해서, 이경에게 죄책감을 주기 위해서 감정을 과장하는 것이 아니었다. (중략) 누구도 원망하지 않으려 했고, 그게 무엇이든 모든 것을 삼켜내려 했다. 그런 수이가 소리 내지 않으려고 애쓰며 울고 있었다.(134~136쪽)

'그 여름'은 이처럼 봉인된 사랑의 한때다. 봉인은 겹겹이다. '그 여름'은 이미 16년 전의 한때다. 어떤 사랑이 '있었다'는 형식으로만 그 사랑은 보존된다. 사랑의 대상인 수이의 내면 또한 개봉된 적이 없다. 그것은 사

Only Yi-gyeong's "confessions" tell us about it, except for one scene:

Tears welled up in her eyes as she gazed at Yi-gyeong.

"Suyi."

"I won't be able to hear you call my name anymore."

Suyi cried for a long time. She tried not to, and did everything she could to keep speaking, but she couldn't manage. She wasn't crying in protest. She wasn't embellishing her emotions to attack Yi-gyeong or make her feel guilty. [...] She tried not to blame anyone, and to endure whatever arose. And she was now trying to cry without making a sound.(135-137)

"The summer" in this narrative is a certain time of love that is sealed in layers of time and remembrance. It is a time in the distant past, after sixteen years. Their love is told and preserved in the past tense. The story never shows the inner thoughts of Suyi, whom Yi-gyeong loves. This is because love is manifested mysteriously. The one who has a change of heart(Yi-gyeong) gives long, rambling pa-

랑의 실체가 '신비'로서 현현하는 것이기 때문이다. 사랑의 변질을 경험하는 자(이경)의 말은 길고 장황하고 구차하지만, 사랑하는 자(수이)의 내면은 알려지지 않은 채 그저 성선설의 일부로만 인용될 뿐이다. 마지막으로 한 번의 헤어짐 이후로 수이와는 모든 소식이 끊겼다. 이경이 한때 만났다 헤어졌던 은지와는 소식을 주고받는 사이인 것과는 다르다. 다시 만날 수 없기에 수이와의 사랑은 끝끝내 변질되지 않을 것이다.

게다가 이 소설을 관통하는 퀴어적 감수성은 둘 사이에 내밀함을 더한다. 남녀 간의 만남이 '다른 둘을 하나로 세기'라고 말한다면 여여 혹은 남남 간의 만남은 '같은 둘을 하나로 세기'에 해당할 것이다. 성차로 인해 발생하는 수많은 오해와 불화, 교정의 과정이 생략될 수 있기 때문이다. 따라서 이 소설이 이경의 시선으로만 적혔다는 것은 다음과 같은 사실을 의미한다고 볼 수도 있다. 사랑에 대한 이 소설의 편향된 서술은 사랑의 신비함을 보존하기 위한 장치이자 사랑의 내밀함을 강화하기 위한 장치다.

은지에 대한 이야기를 할 차례다. 은지는 이경이 서울 생활을 시작하면서 만난 새로운 사랑이다. 이경은 레즈

thetic explanations, while the thoughts of the one who loves(Suyi) are unknown, so she merely exemplifies goodness. After they meet one last time, after the break-up, Yi-gyeong loses all contact with Suyi(unlike Yi-gyeong's other lover, Eun-ji, whom she keeps in touch with after they date for a shorter time). And because Yi-gyeong does not meet Suyi again their love remains untouched forever.

The queer sensibility at the heart of the story adds a layer of secrecy to the affair. If we regard a relationship between men and women as "two different people as one," then relationships between two women or two men might be "two of the same person as one," given that the many misunderstandings, conflicts, and corrections caused by gender difference are avoided. It might be claimed, then, that the fact this story is written only from Yi-gyeong's one-sided perspective is a tool for maintaining the mystery of love as well as for supporting the secrecy of a love.

Eunji, a new love interest for Yi-gyeong, whom she meets at a lesbian bar after moving to Seoul, should be mentioned. An ex-girlfriend of Nubi, another woman that Yi-gyeong meets through the lesbian community, Eunji comes to the bar to watch

비언 바에서 은지를 만났다. 은지는 이경이 그곳의 모임에서 알게 된 누비의 옛 애인이었다. 온지는 힐머니 레즈비언들이 등장하는 연극을 보러 그곳에 왔다. 그 짧은 만남 이후, 이경이 아르바이트하는 학교 앞 빵집에서 둘은 다시 만났다. 근처 병원에서 일한다는 은지는 상처 입은 이경의 손등을 치료해주었다. 이경은 은지로 인해 견딜 수 없는 내적 동요를 느꼈다. 이경은 은지에게 끌리는 마음을 부정하고 그 마음에 저항했다. 하지만 끝내 그 마음에 굴복하고 만다. 전형적인 삼각관계다. 그런데 이경과 수이의 처음 만남에 이런 끌림이 없었다는 사실을 기억하자. 둘은 '시작'도 없이 '진행' 중인 사랑의 관계로 진입했다. 물론 둘에게 '끝'은 있었다. 은지와의 짧은 만남은 이 사랑의 서사에 '시작'을 도입한다. 첫눈에 반하는, 그리움에 미칠 듯한, 거역할 수 없는 열정에 빨려들어 가는 그런 시작 말이다. 은지와의 만남은 이경과 수이의 사랑에서 누락되어 있던 바로 그 기원을 설명하는 서사다. 사실은 이경과 수이의 열여덟 살의 그 시절에도 이런 순간이 있었다.

이경과 수이가 사귄 지 백 일이 되던 무렵이었다. 그

a play about an older lesbian couple who eventually marry. After talking to each other briefly, the two meet again in the bakery near Yi-gyeong's college, where she works part-time. Eunji, who works at a nearby hospital, informally treats a slight wound on Yi-gyeong's hand. This encounter leads Yi-gyeong to feel an unbearable agitation. She denies her attraction to Eunji and fights it, but eventually succumbs. And her life becomes a love triangle. It should be noted that the steps of "courtship" between these two lovers did not happen with Yi-gyeong and Suyi. The earlier pair skipped the "beginning" and entered right into the "relationship," which led to the end. Yi-gyeong's love affair with Eunji introduces a "beginning": the falling in love at first sight, going mad with longing, and getting inescapably swept up in a passion. Hence, this affair acts as a vehicle for describing the development of love, which was omitted from Yi-gyeong and Suyi's relationship. In fact, though, there was a moment of such reflection when Yi-gyeong and Suyi were eighteen:

About three months into their relationship, they were leaning against the railing on the bridge and

날도 강 위 다리난간에 기대어 이야기하고 있는데 어떤 키 큰 여자가 웃으며 그들 쪽으로 걸어왔다. 이경을 쳐다보는 여자의 얼굴에 묘한 미소가 어렸다. 속을 아프게 찌르는 웃음이었다.

"사귀는 애니?"

여자는 그렇게 말하고 수이의 어깨를 툭 밀고 지나갔다. 중심을 잃은 수이가 이경 쪽으로 쓰러졌다. 여자가 아주 멀리 갈 때까지 수이와 이경은 아무 말도 하지 않은 채 난간을 두 손으로 꼭 쥐고 있었다. 귀 끝까지 빨개진 수이가 이경을 보며 쓴웃음을 지었다.

"누구야?"

"중학교 선배." 수이가 조용히 말했다.(26쪽)

중학교 선배였던 키 큰 여자는 수이의 '시작'을 그 몸짓으로 증언하는 여자다. '이번에는 애를 사귀니?'라고 그녀는 속으로 수이에게 물었을 것이다. 그렇게 본다면 '그 여름'은 특정한 시절과 장소를 '지시'하는 말에서, 모든 만남과 이별의 한 주기(週期)를 증언하는 말로 바뀐다. 세상 모든 이합집산과 회자정리의 격언에 비추어 본다면 후자가 맞을 것이다. 그러나 그게 무슨 상관이

chatting, when a tall woman approached them. She came right up to them, and an eerie smile emerged on her face as she looked at Suyi. It was the kind of smile that stabbed hard.

"Is this your girlfriend?" she asked Suyi, knocking into her shoulder as she passed. Suyi lost her balance and fell toward Yi-gyeong. The two clutched the railing with both hands and did not say anything until the woman was far away. Her ears and neck red, Suyi looked at Yi-gyeong and smiled bitterly.

"Who was that?"

"We went to middle school together," Suyi said quietly.(27-29)

With the aggressive gesture, the tall girl, an older lover Suyi knew from middle school, testifies about a "beginning" Suyi had with her. She must have asked Suyi in her mind: "Are you going out with her this time?" If so, "the summer" changes somewhat, from an expression of a certain time and place, into a testimony about the cycle of meetings and separations. Considering all the references to meetings and inevitable partings, the latter would be as much to the point. But does it really matter

란 말인가. 사랑에 빠진 둘에게 모든 시작과 끝은 단 한 번만 일어나는 일인 것을 말이다. 둘에게 그것은 단 한 번 일어나는 사건이다. 그것은 그렇게 '발생'함으로써 모든 만남들을 반복하게 만드는 혹은 모든 시간을 현재화하는 일종의 신화소(神話素)라는 말이다.

　이 소설은 5장으로 구성되어 있다. 1장은 이경과 수이가 만나서 사랑에 빠지는 고교 시절을 다루고, 2장은 스무 살이 된 이경과 수이가 서울로 이주한 이후의 얘기다. 대학생이 된 이경과 달리 수이는 자동차 정비를 배운다. 3장은 이경과 수이의 동거 생활을 다룬다. 이경에게 새로운 사랑인 은지가 생겼다. 4장은 스물한 살 이경과 수이가 쓴 이별의 장이다. 이경과 은지의 연애, 이경과 수이의 이별이 나란히 적힌다. 5장은 이경과 수이가 헤어진 이후, 13년의 시차를 지나 서른넷이 된 이경의 회상이다. 기승전결 더하기 에필로그다. 그런데 에필로그에서 서사는 다시 시작된다.

　이경은 다리 가운데에 스쿠터를 세워두고 다리난간에 기대 하류로 흘러가는 강물을 바라봤다. 그곳에서, 시간으로부터 놓여난 것처럼 하염없이 강물을 바

which of the two it means? Every beginning and end only happen once to a love affair—a unique incident that becomes a component of myth, thus making all love affairs repetitions, and also making all such past times rise into the present.

This story consists of five parts: Yi-gyeong's high school years when she meets Suyi and falls in love; what happens after Yi-gyeong and Suyi turn twenty and move to Seoul, where Yi-gyeong goes to college while Suyi learns auto mechanics; the two lovers living together, and the appearance of Eunji, the new love interest for Yi-gyeong, on the scene; Yi-gyeong and Suyi's break-up at twenty-one, with the relationship between Yi-gyeong and Eunji alongside it; and brief recollections by Yi-gyeong, thirty-fourth year now, thirteen years after she breaks up with Suyi. The story is an entire narrative arc, followed by an epilogue. In the epilogue, though, the original love story begins again:

Yi-gyeong parked the scooter in the middle of the bridge, leaned on the railing and watched the river flow. She remembered watching that river with Suyi, like two people released from time. *Why did we watch the water for so long, yet unable to*

라보던 시절이 생각났다. 왜 우리는 그렇게 오래 강물을 바라보고 있어야 했을까, 서로 가까이 서지도 못한 채로.

그곳에는 '김이경' 그렇게 자신을 부르고 어색하게 서 있던 수이가, 강물을 바라보며 감탄한 듯, 두려운 듯 '이상해'라고 말하던 수이가, 그런 수이를 골똘히 바라보던 어린 자신이 있었다. 이경은 입을 벌려 작은 목소리로 수이의 이름을 불러보았다.(144쪽)

소설의 서두에서 수이와 함께 바라보곤 했던 고향의 강물을 다시 소환한다. 저 강물은 지나간 시절의 덧없음을 증언하는 시간의 강물이 아니다. 반대로 저 강물은 "시간으로부터 놓여난 것처럼 하염없이 강물을 바라보던 시절"(144쪽)을 증언한다. 둘은 영원히 저 강둑에서 서로간의 거리를 좁히지 못한 채 마음을 두근대며 서 있을 것이다. 영원히 현재이며 영원히 만나가고 있는 바로 그 지점이다. 이경이 수이를 만난 그 여름은 "수이를 만나기 전의 십칠 년을 압도"(52쪽)하는 밀도의 시간이다. 이후의 시간도 물론이다. 따라서 저 강물은 영원한 현재이고 둘 사이를 오가던 그 밀도를 소설의 모

stand closer to each other?

On that bridge there were Suyi who called, "Yi-gyeong Kim" and stood awkwardly, who looked at the river and said in wonder and awe, "Weird," and Yi-gyeong's young self who watched Suyi thoughtfully. Yi-gyeong quietly said Suyi's name. (145)

The writer summons this river in Yi-gyeong's hometown, which she used to look at with Suyi in the beginning of the story. The river does not stand for the brevity of time that has passed, though, but rather a time of "watching that river with Suyi, like two people released from time"(145). The two of them could forever stand at the river, their hearts pounding, not being able to close the distance between them. It is the very point of time that remains forever in the present, and that Yi-gyeong forever tries to reach. The summer that Yi-gyeong met Suyi is such that "the density of those years was staggering compared to the seventeen years that had preceded them"(53-55), as well as the time after. The river, therefore, belongs forever to the present, filling the density of the feelings between the two lovers that occurs in every sen-

든 문장마다 채워 넣는다. 이 소설이 후일담의 형식을 빌고 있음에도 불구하고, 사랑의 당사자인 수이의 내면을 봉인하고 있음에도 불구하고, 사랑의 삼각관계와 배신과 변명과 식어버린 마음을 증언하고 있음에도 불구하고, 이토록 뜨겁고 아름다운 것은 바로 이 현행성 때문이다. 사랑에 빠진 자의 바로 그 발화로.

양윤의 문학평론가. 2006년 중앙일보 신인문학상에 당선되어 평론 활동을 시작했다. 2013년 평론집 『포즈와 프러포즈』를 출간했다.

tence of the story. Although the story is in the form of a recollection, in which Suyi's thoughts are revealed and contain a love triangle, betrayal, and faded love, the tale is still passionate and beautiful because of this "nowness," told by one who is still deeply in love.

Yang Yun-eui   Yang Yun-eui is a literary critic who made her literary debut in 2006, winning the *Joongang ilbo* New Writers Award. Her books of literary criticism include *Pose and Propose*.

비평의 목소리
Critical Acclaim

최은영의 소설은 한 사람이 다른 사람들을 통해 한 사람으로 존재하는 '우분투'를 밝히 드러내려는 한결같은 노력으로 점철되어 있다. 그의 노력은 사회가 상실되어 가는 모진 상황에서도 여전히 잔존하고 있을 '사회적인 것'을 그러모아 새로운 사회의 맹아로 제시하고 있다는 점에서 각별하다. 작가가 그렇게 소설로 가꾸어낸 영토에서 우분투는 진리치를 잃지 않은 채 부단히 주권을 행사하고 있다. 최은영의 소설은 스스로 사람됨을 모사하고 있기에, 사람됨의 회복은 그저 그의 소설을 닮으려는 노력만으로도 충분할지도 모른다.

이은지, 작가론 「한 사람은 다른 사람들을 통해 한 사람으로 존재한다 —최은영론」, 《문학동네》, 문학동네, 2016

Choi's writings are marked by a tireless effort to illustrate *ubuntu*, the South African term now widely adopted and sometimes translated as "a person is a person through other people." Her works are singular in collecting fragments of social interactions in a harsh environment, one in which society is disappearing, and presenting them as the seeds of a new society. In this literary territory of hers, *ubuntu* remains a sovereign truth. As Choi's stories themselves strive for personhood, perhaps we can recover our personhood by simply emulating her writings.

Yi Eun-ji. "On Choi Eunyoung: A Person Is A Person Through Other People." *Munhakdongne*(Seoul: Munhakdongne, 2016).

평범한 일상 안에 이미 들어 있는 이상한 느낌들을 발견해내고 그 느낌들에 충실해지다가도 결국 그것들을 배반할 수밖에 없는 예민하고도 나약한 삶 곳곳에 산포(散布)되어 있는 어떤 기미들의 무성함. 어떤 대단한 사건으로 격발되지도 못하고 그저 기미들에 머물러 있는, 다시 말해서 아무 일도 일어나지 않는, 그러나 아무 일도 일어나지 않으면서도 삶의 색채를 바꿔버리는 기미들의 무성함. 그 무성함을 이루는 결들을 감촉할 때의 기쁨과 슬픔, 감격과 냉담이 최은영의 「그 여름」에 들어 있다고 나는 읽었다.

권희철, 「제8회 젊은작가상 심사평」, 《문학동네》, 문학동네, 2017

The lushness of signs dispersed among sensitive, fragile lives and their encounter with the strange feelings that have always been a part of everyday life; the attempt in these lives to be true to those feelings, and their ultimate betrayal of them; the lushness of signs that nonetheless do not culminate in great events, but rather remain in the stasis of signs, and yet that change the color of life without inciting anything—in "The Summer" I absorb both the joys and sadnesses, the inspiration and cynicism that arise in one's coming into contact with the fruits of this lushness.

Kwon Hui-cheol. "Judges' Review, 8th Young Writer Prize."

Munhakdongne(Seoul: Munhakdongne, 2017).

K-픽션 018
그 여름

2017년 4월 17일 초판 1쇄 발행
2021년 10월 1일 초판 3쇄 발행

지은이 최은영 | **옮긴이** 제이미 챙 | **펴낸이** 김재범
기획위원 전성태, 정은경, 이경재
펴낸곳 (주)아시아 | **출판등록** 2006년 1월 27일 제406-2006-000004호
주소 경기도 파주시 회동길 445
전화 031.955.7958 | **팩스** 031.955.7956 | **홈페이지** www.bookasia.org
ISBN 979-11-5662-173-7(set) | 979-11-5662-308-3(04810)
값은 뒤표지에 있습니다.

K-Fiction 018
The Summer

Written by Choi Eunyoung | **Translated by** Jamie Chang
Published by ASIA Publishers | 445, Hoedong-gil, Paju-si, Gyeonggi-do, Korea
(Seoul Office: 161-1, Seodal-ro, Dongjak-gu, Seoul, Korea)
Homepage Address www.bookasia.org | **Tel** (822).821.5055 | **Fax** (822).821.5057
First published in Korea by ASIA Publishers 2017
ISBN 979-11-5662-173-7(set) | 979-11-5662-308-3(04810)

바이링궐 에디션 한국 대표 소설 set 3

바이링궐 에디션 한국 대표 소설 set 6

바이링궐 에디션 한국 대표 소설 set 7

K-픽션 한국 젊은 소설

최근에 발표된 단편소설 중 가장 우수하고 흥미로운 작품을 엄선하여 출간하는 〈K-픽션〉은 한국문학의 생생한 현장을 국내외 독자들과 실시간으로 공유하고자 기획되었습니다. 원작의 재미와 품격을 최대한 살린 〈K-픽션〉 시리즈는 매 계절마다 새로운 작품을 선보입니다.